現代女性作家読本㉒

KANEHARA HITOMI

金原 ひとみ

泉谷瞬 編

鼎書房

はじめに

現代女性作家読本シリーズは、二〇〇一年に中国で刊行された『中日女作家新作体系』（中国文聯出版）全二〇巻の日本方陣に収められた一〇人の作家を対象とした第一期一〇巻（川上弘美・小川洋子・津島佑子・笙野頼子・松浦理英子・多和田葉子・髙樹のぶ子・柳美里・山田詠美・中沢けい）につづき、二〇一〇年代には第二期一〇巻（江國香織・長野まゆみ・よしもとばなな・恩田陸・角田光代・宮部みゆき・桐野夏生・坂東眞砂子・山本文緒・林真理子）、別巻二巻（鷺沢萠・西加奈子）を刊行しました。

今回、第三期一〇巻を刊行するにあたり、新たに二〇〇〇年代以降の文学状況を見通す上でキーとなる一〇人の作家をあげました。これらの作家は、一九九一年に始まった「女性と文学の会」を前身とする「女性文学会」の読書会において、二〇〇〇年以降多く取り上げてきた作家たちです。現代は、女性を巡る社会状況が大きな変化を遂げた一方で、そんな変化を経てもなお残る課題と新たに浮上した課題とが複雑に連関しながら混在しています。〈女性〉という括り方をも含め、この一〇人は、それぞれに独自のスタンスと表現方法で、今現在と切り結ぶ著作を生み出し続けています。

第三期では各巻に編者を立て、総論を付しています。すべて書き下ろしで構成し、幅広い研究者に多数参加して貰いました。柔軟で刺激的な論考を集めた第三期一〇巻も、既刊同様に対象の女性作家研究にとどまらず、現代文学全体への新たな地平を切り開く一助になれば幸いです。

目次

はじめに・3
金原ひとみの文学世界——世界との〈距離感〉をはかること——**泉谷 瞬**・9
『蛇にピアス』——反・社会的な身体——**松下優一**・18
『蛇にピアス』——身体改造によるジェンダー規範の破壊——**堀川なつみ**・22
『アッシュベイビー』——意に介さない言葉の世界と幽霊たち《ルーム・シェアニスト》という生—関係——**金 昇渊**・26
『AMEBIC』——アディクションを捉え返す——**片岡美有季**・30
『オートフィクション』——虚構を生きる——**大西永昭**・34
『ハイドラ』——食べることと人間関係——**藤原崇雅**・38
『星へ落ちる』——遅延される幸福への依存の物語——**柳井貴士**・42
『TRIP TRAP』——「二人組」の女の可能性——**瀬口真司**・46
『TRIP TRAP』——〈私〉はどこにあるのか——**木下幸太**・50

目次

『マザーズ』——喪失を生き延びる手だて——**永井里佳**・54
『マザーズ』——「母親」を／は後悔する——**スペッキオ・アンナ**・58
『マザーズ』——「幻想ではなく、生々しい生き物」として——**陳　晨**・62
『マリアージュ・マリアージュ』——マリアージュの(不)可能性——**安藤陽平**・66
『マリアージュ・マリアージュ』——相手を「他人」のままで愛するために——**濱下知里**・70
『持たざる者』——〈家族〉という幻想とＳＮＳの向こう側——**神村和美**・74
『軽薄』——「色とりどりの風鈴」の記憶——**松本拓真**・78
『クラウドガール』——『クラウドガール』のフェアな関係―雲を掴むような話——**錦咲やか**・82
『アタラクシア』——ドーナツの穴という存在と不在——**山﨑眞紀子**・86
『パリの砂漠、東京の蜃気楼』——「私」を生きさせる方法、あるいはコロナ禍への助走——**尾崎名津子**・90
『fishy』——彼女たちにはシンパシーもエンパシーもなかった——**加藤大生**・94
「アンソーシャル ディスタンス」——コロナ文学が語る脆弱性とケアの倫理——**レティツィア・グアリーニ**・98
「アンソーシャル ディスタンス」——パンデミック時代の人間模様を凝視する——**侯　冬梅**・102
「アイ ドント スメル」——不安定な身体と「透明」という生存戦略の向こう側——**宮田絵里**・106
「ミーツ・ザ・ワールド」——目の前にいない存在に対する愛の賛歌——**上戸理恵**・110

『ミーツ・ザ・ワールド』――〈代理父母〉によってもたらされた〈世界〉との出会い――**山田昭子**・114
『デクリネゾン』――不確定性を生きる〈私〉の軌道――**与那覇恵子**・118
「ウィーウァームス」――〈間―私〉小説としての地平――**岩本知恵**・122
金原ひとみ　年譜――**宮田絵里**・126
金原ひとみ　主要参考文献――**宮田絵里**・132

金原ひとみ

金原ひとみの文学世界

——世界との〈距離感〉をはかること——

泉谷　瞬

どのような作家であっても、初期の作風がそのイメージとして一般に定着することは避けがたい。金原ひとみの場合、その傾向は特に強いと言えるかもしれない。二〇〇三年、「蛇にピアス」で第二七回すばる文学賞を受賞した二〇歳の金原はそのまま同作で第一三〇回芥川賞を受賞し、華々しいデビューを飾る。同時に受賞した綿矢りさと共に〈最年少受賞者〉（実際には金原の方が一歳上の年齢）と騒がれ、さらに「蛇にピアス」が身体改造と性的描写を中心とした未成年女性の物語であったことから、作家像はあまりにも分かりやすい形で世に流通してしまった。

芥川賞の選評を眺めると、「おそらく作者の人生の元手がかかっているであろう特異な世界を実にリアルに描いている」（高樹のぶ子）という肯定的な評価から、「ただ浅薄な表現衝動」（石原慎太郎）という反発まで幅広い印象を与えたことが窺えるが、強引に要約するならば〈いまどきの若者の過激で破滅的な生〉を抉り取った点を認めていることはおおむね共通しているといえよう。「蛇にピアス」に登場する彫物師・シバと語り手のルイは、物語序盤で次のような会話を交わしている。

「なあ、俺お前の顔見てるとSの血が騒ぐんだ」

おもむろに、シバさんが目を合わせないまま言った。

「私Mだから。オーラ出てんのかな」

シバさんは腰を上げ、やっと私の目を見た。カウンターの向こうから私をのぞき込むシバさんは、子犬でも見るような愛おしい目をしていた。私の目の高さに合わせて腰をかがめると細い指で私の顎をぐいっと持ち上げ、微笑んだ。

「この首、ニードルで刺してぇ」

彼は今にも声を上げて笑い出しそうな顔でそう言った。

「それってＳａｖａｇｃのＳじゃないの?」

「ああ、確かに」(『蛇にピアス』集英社、04・1)

savageという英単語は〈獰猛な〉、〈残酷な〉、〈凶暴な〉という性質を表し、他動詞になると相手を〈猛烈に攻撃する〉という意味になる。性的な会話が行われる際、現代の感覚では〈S〉といえばsadisticが思い浮かぶだろうが、savageはそれよりもさらに激しい攻撃性を保持している。savageの意味は作中で詳しく説明されないものの、しかし金原ひとみの小説にこの性質が充満していることは大方の読者が了解するところだろう。二作目の『アッシュベイビー』(集英社、04・4)では冒頭から子供への虐待願望にも近い衝動が炸裂し、三作目『AMEBIC』(集英社、05・7)では読者の理解を丸ごと拒むような〈錯文〉が続く。これらの初期作品によって、暴力的な感情と過剰な表現を無法図な形で放出する、まさしく〈savageな作家〉という評価が金原ひとみに対しては加えられてしまったようにも見える。

〈デビュー作には作家のすべてが詰まっている〉とは一般によく語られる言葉であり、ある種の真実を突いてはいるのだろう。それでも、デビュー作に遡及することが通俗的なイメージを繰り返すに留まるならば、個別の作品を分析し、研究するという行為の意義が失われてしまうことも疑いない。本稿では、金原ひとみにおける執筆活動の現在に近い時点をあえて注視することで、〈savageな作家〉というイメージ以外の金原ひとみを浮かび上がらせることを目指したい。そして、その通過を踏まえるのであれば、「蛇にピアス」にも異なる風景を見出せることができるようになるだろう。

＊

金原ひとみの活動で一つの分岐点として見なされるものは、第二二回Bunkamuraドゥマゴ文学賞を受賞した『マザーズ』（新潮社、11・7）である。この作品に関しては以前に論考[1]の対象としたため同様の指摘は省略するが、複数の視点人物を意識的に配置した上で構成される長編小説というスタイルは、以後の金原作品――『持たざる者』（集英社、15・4）、『クラウドガール』（朝日新聞出版、17・1）、『fishy』（朝日新聞出版、20・9）などでも積極的に継承されている。たとえば『マザーズ』の段階でそれは、〈母〉という属性と個の身体が軋轢を生む様相を描くことへ絶妙に寄与する効果をもたらした。田中弥生『スリリングな女たち』（講談社、12・9）ではこのことが、「一つの巨大な苦痛を、何人もの「私」に、それぞれのポジションから語らせる。これまで別々の作品の中で継時的に行われてきた作業を一つの作品として総合的に表現する試み」と高く評価されている。

主題としての充実はもちろんだが、他にも形式的な問題として、各々の身体が他者を相互的に眼差し、交差・離反するという純粋に物理的な現象を叙述するにあたって、このスタイルは役立っているように考えられる。金原作品における複数の視点人物という形式がいかなる作用を見せているのか、以下、第五回渡辺淳一文学賞受賞作『アタラクシア』（集英社、19・5）を中心に検討してみよう。

『アタラクシア』について、主要な文芸雑誌における同時代評では、現代日本における〈結婚〉やそれに連なる人間の関係性という主題の追究が多く取り上げられている。また、それはこれまでの金原作品にて描かれた主題と共通するものでありながら、孤独を引き受けることの強さという新たな状況への展開も注目されている。ところが渡辺淳一文学賞の選評では、技術的な観点に対する批判も同時に挙げられていた。たとえば浅田次郎は「複数の一人称」に対して、「視点者のメンタリティーが類似してしまうから、しばしば読者は混乱するであろうし、人間を描くという小説の使命も十分に達成されず、せっかくの大胆なストーリーが窮屈な箱に詰めこまれてしまったように思えた」(「すばる」20・6)と厳しい視線を寄せている。

だが、そもそも〈人間を描く〉ことを小説の使命として設定するような読み方は、いったん留保する必要がある。評者自身の個人的な文学観を強制するのではなく、対象作品がまずどのような形として実現しているのかを把握した上で、その方向性を見極めるのでなければ、新たな可能性は摘み取られてしまう。

複数視点の採用によって、それぞれの人物が立体的に形象されることは確かにあり得るだろう。しかし『アタラクシア』から見出せる金原の手法は、人物の様々な側面を立体的・総合的に提示するというよりは、むしろそれらを重ねることなく収束させせない点に特徴があるのではないか。ここで強調したいのは、語り手の自己言及的な性質である。金原ひとみの作品では、感情の激流が繰り出されることが多いのは確実に指摘できるのだが、それと並行して、冷静な自己認識による叙述が常に傍へ控えている。

拓馬とは、付き合い始めから長くは続かないだろうと思っていた。その当時他に気になっていた人もいた。それなのに私は拓馬と、子供ができたからという理由で結婚した。あの頃なぜ私は堕胎という選択肢をあれほどまでに恐れていたのだろう。(中略)優等生でありたい。その思いが堕胎かデキ婚かという二択を作り上げ、デキ婚という消極的選択をさせたのかもしれない。別に堕胎はそれほど恐ろしいことではなかったはずだ。でも私は出産の道を選んだ。そうしたら結婚と拓馬はワンセットになってついてきて、そうすると仕事復帰と拓馬の母親との密な付き合いがワンセットになってついてきて、マンション購入と実の母親との同居がワンセットになってついてきた。あの時だってそれなりに予想はついていたはずだ。それでも私は出産を選んだのだ。理系に進みたかったのに失敗するのが嫌でフライング気味にその道を諦め、こういう男は好きじゃないと思っていた男と結婚し、子供なんて欲しくなかったのに産み、母親が嫌いなのに母親の上位互換のような人生を歩んでいる。あらゆる矛盾に矛盾を重ねて今私は限界に達している。うんざりすることにすらうんざりした私は、もはや精神が限界の限界を超え、何か別の生き物に進化しようとしているかのようだ。自己矛盾の中で酸欠にもがきながら、女でも人間でもないモンスターになろうとしているようだ。（『アタラクシア』）

少し長い引用になってしまったが、特に注目したいのは後半部分である。語り手は、自身に訪れている異常な状況、あるいは〈自己矛盾〉を冷静に客観視している。つまり、金原作品の語り手たちは激しい感情の渦に巻き込まれているようでいて、実は自己と一定の距離を取っている。さらに複数人物の視点による相互的な眼差しは、強制的な形で〈人物像〉の客観視を後押しするのだ。この一歩引いた距離感こそが、金原作品にとってもう一つの重要な特徴として重視すべきものではないのか（なお、金原作品において、こうした状態はしばしば〈乖離〉とも名づけられている）。

この〈距離感〉の出現については、様々な理由が推測できる。たとえば距離を取ることが、自身を取り巻く世界からの防御策に直結するという理由だ。金原は人間が生きていくなかで持つ判断や意志を幻想だと断じ、消極的選択の繰り返しを人生の骨子と見定めている（注２）。そのような、いわば〈選択できないこと〉の帰結が自身への責任となって戻ってくることを、距離を置く作業で減じているのではないだろうか。抗いようのない現実に向けての、究極的な対症療法がまるでそこでは試されているかのようだ。

〈選択できないこと〉への醒めた自覚を基盤として、受動性を強調することがかえって本人にとっての救いとなる――それを近代的な主体性や責任からの逃避と呼ぶことはたやすいし、場合によっては単なる無責任ともなり得るだろう。だが、登場人物を抑圧する社会的な欺瞞（そこには主題としての〈ジェンダー〉の問題も当然含まれるだろう。『マザーズ』以降、このことに対する批評性はますます顕著になっている）が立ちはだかっているということも、意識しなければならない。

いや無責任どころか、金原作品の語り手はわざとらしい程に〈社会的〉な思考を露出するときもある。金原は「文藝」の私小説特集で責任編集を担当し、自身も一編の〈私小説〉を書き下ろしているが、次の引用は、若い恋人の男性が〈社会的〉な話題に無関心を貫く様子に対して、金原を想起させる（ように造形されている）語り手が不満を感じている箇所だ。

私は彼のあまりにも我関せずな態度と、話の通じなさに唖然として箸が止まる。食欲がないどころか、吐きそうだった。どうして彼は、自分と社会の相関関係を全く認めていないかの如く、「え僕は面倒なことを引き受ける気はありませんよだって僕は関係ありませんからね」という態度を平気で取れるのだろう。そんなの無思考で生きるゾンビではないか。いやしかし、彼は無思考で生きてこれたから無思考なだけなのだろう。でもこういう#MeToo的なものに対しては、肯定的であれ否定的であれ、何かしら皆少しずつ考えてそれなりの見解や意見を持っているものなんじゃないの？　何となく社会のノリを感じ取って、大きく事故らずに生きていければいいかなって感じなんだろうか。じゃあこれからも何も考えずに空気だけ読んで生きていくの？　言語化と思考を怠ると、若い頃はよくてもいずれ頭が硬くなって客観性を喪失した老害になるんじゃない？　体の端々が冷え、体の芯が発火したように熱くなり、動悸が速くなっていくのが分かった。私はこれほどまでに考えない人、考える必要を感じていない人と、一緒に生きていくのが怖いのだ。（「ウィーウァームス」、「文藝」22・秋号）

本来の〈社会〉という広がりと比較すれば極めて縮小された形ではあるものの、金原作品において複数人物の視点による叙述は、〈自分と社会の相関関係〉、そしてそこから導き出される冷静な思考を生成するスタイルになっているのかもしれない。だからこそ一人称の叙述となれば、その性質が〈乖離〉と呼ばれるほど過剰に分裂していかざるを得ないのだろう。

*

最後に、本稿執筆時点における金原の最新長編小説『デクリネゾン』（集英社、22・8）に光を当てつつ、デビュー作「蛇にピアス」へ回帰してみよう。『デクリネゾン』では再び一人称の叙述が採用され、ここでも作者を想起させる人物が配置されている。全一九話で構成されたこの物語ですぐに分かる特徴を挙げれば、毎話、他者との食事の場面が描かれるというものがある。ただしそれは、近年の表象分析において注目されることもある〈親密性〉の象徴としてのみ解釈できるものではないだろう。何故ならば、緊張感のあるやり取りの最中に食事が遂行される場面もこの物語には多々存在するからだ。

タイトルの〈デクリネゾン〉とはフランス料理の専門用語で、一つの食材を複数の方法によって調理することを意味する。ならば一つの食材とはこの場合、語り手自身のことであると仮定しよう。しかし語り手を様々な方向から切り分け、その多面性を剥き出しにしていくのではなく、どうやら本作はその手法からさらなる発展を目指したものであるらしい。

星はいつか消える。私が生きている間にかもしれないし、私が死んだずっと後にかもしれないけれど、必ず消える。でも星が消える時に起こる超新星爆発の後、吹き飛ばされた水素がまた集まってまた新しい星ができるのだ。もう会わなくなった人や死んだ人だって自分の中にいくらか残存して私を守ったり攻撃したりしているのだから、星だって消えた後も何かしらの存在に作用しているはずだ。全ての存在が私に作用し、私の存在もまた、全てに作用している。(『デクリネゾン』)

食事の場面が頻出するのは単なる〈親密性〉の象徴に限らないと先述したが、おそらく本作における食事は、空間的にも時間的にも非常に広い視野で捉えられている。人間が食材を体内に取り込み、そして排出し、有機物が世界中に凝縮/拡散していくという繰り返しのなかに、語り手は自分の身体=現在が偶然的に再現されていることを達観してみせる。それは物理的な位相だけではなく、精神的な影響関係も同じように語られる。「全ての存在が私に作用し、私の存在もまた、全てに作用している」——この小説において、〈デクリネゾン〉の方法で調理される一つの食材とは第一に語り手であると考えられるのだが、しかしそれは同時にすべての存在でもあったということだ。自己に対する〈距離感〉、他者との〈距離感〉をはかりながら、なおかつすべてが融合した状態でもあるという矛盾した現象を説明するための理屈がここには示されている。

『デクリネゾン』で到達したこの境地を補助線とすることで、私たちはようやく「蛇にピアス」に含まれていた奇妙な論理の内実に一歩近づけるだろう。「蛇にピアス」の序盤では、アマが街中で派手なケンカを行い、相手の男から奪い取った二本の歯を、〈愛の証〉としてルイに差し出すというエピソードが挟まれている。その伏線は、アマが死んだ後に回収されることとなる。ルイは二本の歯を砕き、ビールと一緒に飲み干してしまうのだ——「アマの愛の証は、私の身体に溶け込み、私になった」。

この行為は、冷静に検討するならば不可解なものに見える。もしもその歯がアマ自身のものであれば、自分の身体に取り込むという意図は明快である。アマからの〈愛の証〉に対する返礼としてはむしろ使い古されたかのような演出ですらあり、身体的な一致と精神的な充足がそこでは叶えられるはずだろう。だが、この二本の歯はそもそも名前も知らないアマのケンカ相手のものであり、ルイとの関係などほとんど無いに等しい。そんな物質を身体に取り込むことを何故、ルイはわざわざ実践しようとするのか。それとも深い意図によるものではない、ただの衝動的な行為に過ぎないのだろうか。

このような疑問は、先程に見た『デクリネゾン』における思想と重ねることで解けるはずだ。偶然にすれ違ったケンカ相手の歯であっても、それはアマによって獲得されたものであり、その作用が今、ルイに及ぼうとしている。ならばこの歯を取り込むことは、やはりアマを取り込むことに他ならない。見事な理屈である。衝動と思考が一致する瞬間として、この場面は再解釈できよう。Savageであることと、このような冷静さは金原作品において当初より両立していたのである。

（近畿大学准教授）

注1　泉谷瞬「親族関係という「蜘蛛の巣」――金原ひとみ作品の二人組と結婚――」（『結婚の結節点―現代女性文学と中途的ジェンダー分析』和泉書院、21・6）

2　尾崎世界観との対談（「身のある話と、歯に詰まるワタシ」、「小説トリッパー」19・夏号）において、金原は人間の判断や主体的な意志を批判的に捉え、「消極的選択というか、「こうするしかない」の繰り返し」であると認識している。あるいは『パリの砂漠、東京の蜃気楼』（ホーム社、20・4）では、「決断するたび自分がどんどん間違った方向に進んでいるような罪悪感と恐怖」を抱くという語りが示される。

『蛇にピアス』——反・社会的な身体——

松下優一

「蛇の舌のように、先が二つに割れ」た「スプリットタン」に魅せられて「身体改造」の世界にのめり込んでいく主人公ルイの逸脱的な衝動と性愛の日々を描き、二〇〇三年第二七回すばる文学賞、翌年第一三〇回芥川賞に選ばれた本作は、同時受賞の綿矢りさ「蹴りたい背中」とともに史上最年少の芥川賞作品として大いに脚光を浴びた。論壇誌でも当時一つの事件として特集が組まれている。その中に、「綿矢りさの作品が同世代の若者の共感を得やすいであろうと思われるのに対して、金原ひとみの作品は、多くの大人の読者に『こんなおぞましい世界にはとてもついていけない』と思われ、顰蹙を買うことはまず間違いがない」との評がある（沼野充義「芥川賞受賞作 私はこう読んだ」「論座」04・4）。実際、金原作品の評価は割れている。たとえば教育学者の齋藤孝が「自分の脳みそがかき回される感じ。誰だってスプリットタンを見ればこの混乱は生じるだろう。しかしそれが恋愛感情や性的快楽に直結していくところが、おもしろい」と評する一方、政治評論家の早坂茂三は「生理的に苦痛（……）文学とは思えない」、哲学者の中島義道は「一ページ読むだけで苦痛（……）生理的に受けつけない」と拒否感を露わにしている（「二百五十万人が読んだ芥川賞二作品の衝撃」「文藝春秋」04・4）。良くも悪くも読み手の身体性や文学観を露骨に問うてくる（浮かび上がらせる）という意味で、『蛇にピアス』は問題作と呼ぶに相応しい（以下、テクストは集英社文庫版による）。

物語は、主人公ルイ（＝語り手「私」）と彼女の前に現れる二人の男が形成する三角関係を軸に展開される。第一の男は、「アマ」。冒頭「スプリットタンって知ってる？」「君も身体改造してみない？」と、割れた舌を出して誘いかける「蛇男」である。彼はルイに「舌にピアスをして、その穴をどんどん拡張していって、残った先端部分をデンタルフロスや釣り糸などで縛り、最後にそこをメスやカミソリで切り離」すというスプリットタンの製法を教え、二人は出会ったその日に関係を持ち、同棲を始める。「左眉に三本4Gの針型のピアスを刺し、下唇にも同じように三本同じピアスを刺し」、「タンクトップからは龍が飛び出し」、赤く染めた髪は「太いモヒカンみたいな形」というアマの姿形は近寄りがたい反面、性格は温厚で「パンクなくせに、癒し系」とされる。第二の男は、アマの紹介で出会った「シバさん」。二〇代半ばくらいの「パンクな兄ちゃん」で、「こんなに武装されたら、表情なんて分からない」というほど「瞼、眉、唇、鼻、頬にピアスが刺さって」おり、スキンヘッドの後頭部には龍の刺青がある。シバは、局部ピアスのきわどい写真が壁を覆うアンダーグラウンドな店「Desire」の主で、刺青の彫り師でもあり、ルイの背中に刺青を施す。シバとルイは、アマに隠れてサディスティックな性交渉を重ねていくことになる。この二人の男に共通するのは、「パンク」という対抗文化のスタイルである。M・デメッロは「ヘビー・タトゥーや顔へのマルチプル・ピアスあるいは性器ピアス、インプラントの過度な使用、ストレッチ、焼印、カットといったような、主流社会にとって行き過ぎているとみなされるような実践を施した身体」を「攪乱的身体」と呼び、「パンクは長くそうした実践を取り入れてきた」という（『ボディ・スタディーズ』田中洋美監訳、晃洋書房、17・5）。「初めてアマのスプリットタンを見た時、明らかに自分の中の価値観が音をたてて崩れるのが分かった」とあるように、アマやシバはまさに〈攪乱的身体〉の持ち主といえる。両者の間を行き来する主人公の身体には、一方でアマと同じスプリットタンのための舌ピアスとその拡張、他方でシバが手掛ける龍と麒麟の刺青というように、二つの身体加工が同時進行することになる。麒麟は、ルイがシバの上半身に見つけて「私これがいい」と言い、「アマの龍と組み合わせて欲しい」と頼んだものだが、要するに彼女は二人の男の身体に刻まれた神獣を自らの身体にトレースしようとしているわけだ。そのようにして〈攪乱的身体〉の獲得へと向かう主人公の振舞いとその行き着くところが何を意味するのか。それが、この小説の読みどころと言えよう。

ルイと二人の男の関係性については、大西永昭の論考「非・所有の恋愛論」(「近代文学試論」06・12)がある。ルイとアマは「ルイ・ヴィトンのルイ」「アマデウスのアマ」と冗談とも本気ともつかぬ通り名で呼び合い、互いの素性(本名や家族など)を知らない。それは身体的かつ非言語的な次元でなされる互いを所有しない関係性であり、「言語によるコミュニケーションを前提とする社会」での「非・社会的な存在」と捉えられる。対して、ルイとシバの間では、本名(固有名)を聞き出され、結婚話も出ることから、社会的に承認された関係性への志向がうかがえる。この観点からすれば、小説の後半、アマの失踪で捜索願を出すべく警察に行った後の展開は、固有名に基づいて動く社会を前にしての〈ルイ―アマ〉の関係の脆弱さと儚さを示唆するものとして読みうる。しかし、そもそもなぜルイは〈身体加工〉を志向するのか。以前から耳ピアスの「拡張にハマっていた」ルイにとって、アマとシバはよりディープな身体加工の世界への媒介者にすぎないともいえる。この点を論究したのが、堀川なつみの論考(「再構築される身体とジェンダー」「文藝論叢」21・10)である。たとえば「ギャル」というレッテルを「ギャルじゃない」と反射的に拒否するルイの身振りは、アイデンティティの固定を拒否するもので、「身体改造」もその延長にあるという。この観点からすれば、ラストでスプリットタンを未完成のまま中断するのも固定化を拒む身振りとして読めるかもしれない。

〈身体加工〉に伴って生起する感覚もまた注目すべき点である。「私が生きている事を実感出来るのは、痛みを感じている時だけだ」との記述から、特に〈痛み〉の意味するものについて複数の論者が言及してきた（久米依子「痛みへの希求」『ジェンダーで読む愛・性・家族』東京堂出版、06・10、丸山茂「若者」「神奈川大学評論」04・3ほか）。丸山は「若い芥川賞作家の描くスプリットタンは、リストカットと同様な意味を持っている」とし、自殺サイトで知り合った若者の集団自殺などに言及しつつ、「生と死の融解する地平で不安定に揺れ動く若者」の現在を示すものとして作品を位置づける。ニュースキャスターの国谷裕子も「リストカットの番組の中に出てきた少女たちが言葉でなく痛みという表現方法でつながりを求めようとしていたことを思い出させる」と述べ、「生きていることを実感するために切る」当事者の言葉も紹介している（「文藝春秋」前掲）。自傷的行為と痛みによる自己存在の確認という点で、ゼロ年代前半の若者たちに特徴的とされる現実感を共有する本作は、かれらが感受する〈生きづらさ〉という同時代・同世代的なコンテクストと不可分なのは間違いない。金原自身、リストカットの経験を語っており、「私だけでなく誰もが感じているだろう生きづらさを、新しい形で表現したかった」と述べている（「第二七回すばる文学賞受賞者インタビュー」「すばる」03・11）。とはいえ、切通理作が「強い動機をもたない切実なる行為」（「論座」前掲）と評したように、主人公が逸脱的な身体加工にのめり込む理由は、少なくとも小説内では語られていない。ルイの家庭事情については「両親健在で、家族関係には今のところ何も支障はない」とあるだけだ。そこに、すばる文学賞選評で類似が指摘された藤沢周『刺青』（河出書房新社、96・9）の少女との大きな差異を見て取ることができる。『蛇にピアス』が描くのは、特別な事情を持たないままに反・社会的な身体を生きようとする者なのである。〇八年に本作を映画化した蜷川幸雄の「明るい世界への拒絶を描いていることが新鮮だった」（「撮影現場ルポ『蛇にピアス』」「キネマ旬報」08・4）という言葉も、おそらくそこに共鳴するものだったように思われる。

（法政大学兼任講師）

『蛇にピアス』

――身体改造によるジェンダー規範の破壊――

堀川なつみ

なるべく苦痛を受けずに生きたい。そう望むのは至極真っ当な欲求だろう。これまで人間は医学の分野において、麻酔や予防注射を使用し、苦痛を最小限に抑えながら生きる術を手に入れてきた。しかしながら、現代では同じ医療行為にあたる〈ピアシング〉はそれらの苦痛を取り除くための施術とは区別された存在である。とりわけ『蛇にピアス』に描かれているピアシングは〈舌ピアス〉という強い痛みを伴うものである。ピアス、刺青、三角関係といったセンセーショナルなアイテムを用いて描かれた物語は、苦痛とともに展開されていく。

語り手〈ルイ〉はクラブで出会った男〈アマ〉の蛇のように二つに割れた舌を見て、スプリットタンに興味を持つ。そしてアマに連れられ、彼に舌ピアスと刺青を施術した彫り師〈シバ〉と出会う。このシバとの出会いが身体改造の始まりだ。スプリットタンを目指して舌ピアスを穿った後、刺青も入れてほしいと依頼したルイは、アマと交際しながらシバとも肉体関係を持つ。アマとお揃いのスプリットタンと、アマとシバの身体に彫られた「龍」と「麒麟」の刺青を自身の身体に刻むルイ――スリリングな関係は本作のスパイスとなっているが、ルイ自身はピアス・刺青自体には価値を見出していない。ルイの感覚として書かれているのは一貫して身体の苦痛や快楽である。魅了されたわけではないと一線を引きつつ、生まれ持った身体を作り変えていく。

人間の身体を二分するなら、男女という性別での区分が一つある。それは人間を判別する手段として最も利用し易いものだろう。トイレや更衣室、電車にも、どちらか一方の性別を持つ者しか入れない場所がある。しかし、この判別方法が崩壊しかけていることは明白である。持って生まれた身体の性別と性自認が違う人、また同じであれ身体の性別で判別されることに違和感を覚える人――自分で選んだものではないのに、社会が「男」／「女」としている枠組みの中へ理不尽に入れられ、様々な苦痛を受ける。現状の男性性／女性性が何故か常識と扱われ、当てはまらない者は異質な存在だとされる。たとえ〈男〉が〈私は女だ〉と主張しようと、前提としてその人は〈男〉だと判別されるのだ。

〈男〉／〈女〉とされた人が性別による不遇な扱いを受け、何とかして逃れようとするも、決して出来ないようになっている。その原因は私たちがもつ身体そのものではないか。本作でルイは、そうした既存の身体を破壊しようと試みる。ルイの身体改造は時系列に沿って行われていくが、切望していたスプリットタンへの熱意は終盤で消失することになる。

ルイの非一貫性はテクストの持つ意味を二転三転させる。読者も同じくルイに翻弄されるわけだが、この非一貫性こそ身体に付与された〈性別〉が不確定であるか浮き彫りにする役割を担っている。

まず、ルイが何故身体改造を始めたか確認しておく必要がある。ルイはクラブで出会ったアマのスプリットタンに憧れて舌ピアスを開ける。刺青はシバのスタジオに飾られていた写真に魅了され施術する。ルイが行う身体改造には必ず他者が介在しており、彼らの身体の〈性別〉が〈男〉であることを念頭に置いておこう。

ここでは分かりやすく刺青に焦点を当てる。刺青になされる〈可愛い／可愛くない〉の評価は、刺青がもつ歴史的なジェンダー性を反映しているだろう。「十七世紀以降の刺青は、鳶や火消し、飛脚など、裸になる機会の多い職業の人々に好まれる身体装飾に留まり[1]」、特に「和彫り」と呼ばれる絵柄は男性の身体に彫られた。ルイは

〈女〉の身体に男性性を付随させることで同一化を試み、〈女〉のカテゴリーを破壊し、再構築を実践しようとした。ルイの身体改造はアマやシバという男性の身体と同一化する行為だったといえよう。そして、ルイの身体改造が失敗する理由もそこにあると考えられる。なぜなら、男性の身体もまた同様に非一貫性を持ち、それに同一化して脱構築しようとしても、同じ構造に陥ることになるからだ。それは「その主体そのものが「多層的な権力配置」のなかでいかに形成されるのかという点を見逃してしまう」[2]。

ルイの身体改造が失敗してしまうのは、「かならず失敗するコピー」[3]を繰り返すからである。刺青という一つの目標を失い、スプリットタンにも期待出来なくなり、規範の中から出ることは決して不可能であると気づけば、「活力という物が全くな」くなっていた。だからアマという〈規範〉がいなくなってしまえば、「無様にぽっかりと空いた穴」となって撹乱の契機を逃してしまうのである。身体改造による再構築の〈行為〉は、言動の因果というよりも、身体自体がすでに規範の中で制限されていて自身がコントロールできる〈ファッション〉的なアイテムではないということだ。

ではルイは現状のまま苦しみ続けるしかないのだろうか。身体が主体をもち、規範を撹乱する可能性があるとしたら、規範の中にある。規範的なジェンダーを脅かし、意味をずらそうと考えているのは、ルイだけではない。シバも同様の性質をもち、身体を再構築しようとする。ルイが同一化しようとしたシバは、第二部でルイにバイセクシュアルであると告白した。つまりアマと親しくしていたことや殺害する直前にレイプしたことに関して、恋愛感情が含まれる可能性が出現するのである。アマとルイ双方に想いを寄せながら、アマは殺害しルイには求婚する――つまりシバの非一貫性が露呈するのである。それこそが、異性愛に含まれる「ジェンダー」を転覆してみせようとするものである。男／女は異性が好きで、異性と結婚するのだという〈常識〉を内側から破壊し、〈ジェンダー〉が如何に脆く不安定な要素か示してみせるのである。

前述した通り、ルイが持つ〈女〉の身体は女性性からの脱却を試みている。それに対し、シバはピアス、刺青、スキンヘッドといった男性性が多く含有されるものを身体に宿し、さらに〈男〉の身体に改造しようとしている。また〈女〉との結婚を求めていることから、一般的とされる〈普通〉の〈男〉としての人生を望んでいると考えられる。身体改造においてはルイと目的が似ているが、再構築した後の目的は規範の中に戻ることだ。シバが規範を内側から破壊すれば、ルイは身体に付与された〈女〉に対する生きづらさを感じずに済んだだろうか。どちらにせよ、〈ファッション〉的な感覚で身体改造をしていたアマは蚊帳の外である。このことは、シバがアマを殺害したのはルイと結ばれたいからという理由以上のものがあった可能性を示唆する。

ルイ、アマ、シバの三人が繰り広げる身体を巡る物語は、ルイが日の光を浴びるところで終わる。しかしながら眩しいと感じているのは、先に希望があるか絶望があるか曖昧に表象しているといえるだろう。ルイ達の身体に残り続ける刺青のように、身体に付与されたジェンダーは変化しながらあるいは破壊されながら残り続けていく。

（愛知川図書館司書）

注1　山本芳美「秘める刺青、見せるタトゥー――日本と台湾から」（成美弘至編『コスプレする社会――サブカルチャーの身体文化』せりか書房、09・6、143頁。）

2　藤高和輝『ジュディス・バトラー　生と哲学を賭けた闘い』以文社、18・3、137頁。

3　ジュディス・バトラー『ジェンダー・トラブル　フェミニズムとアイデンティティの攪乱』竹村和子訳、青土社、99・4、244頁。

『アッシュベイビー』——意に介さない言葉の世界と幽霊たち《ルーム・シェアニスト》という生―関係——金　昇渊

言葉が受け入れられるとは、何を、どのようにして実感できるのだろうか。

少し周辺的な話からになるが、『アッシュベイビー』の韓国語訳（文学トンネ、07・6）は、「我が国の社会通念に照らして受け入れ難いと判断し、公正かつ慎重に下した決定」として、青少年有害刊行物（いわゆる有害図書）に指定された。これは、自主規制などではなく、法的な検閲措置である。その法的根拠（条項）の、「暴力性（自傷）」「獣姦」「加虐・被虐性淫乱症等変態性行為」「その他社会通念上許容されていない性関係」に該当するとのことだ。この法（青少年保護法）には、とりわけ媒体物（刊行物）における描写の、「助長（可能）性」とある。これまで少なくとも〈文学（的）〉に〈許容〉されてきたものを概観すれば、どうやらここで言う〈描写〉ないし〈表現〉とは題材や設定を主な対象とし、取り締まっているようだ。

　このような〈周辺的な話〉をしたのは、本作をめぐる問題系と評価軸が「わけがわからない」もの——かの国の社会通念など知らないが、我が国の社会通念として受け入れ難いもの——といったふうに、違う「世界」の、異なるものの、歪なものの〈許容〉可／否に終始してきたことに違和感を覚えたためである。その上、社会通念なるものの擁護外にある〈成人〉や〈外―人〉のことは、自己責任となる。なぜならば、〈まっとう〉で〈正常〉な大人（の国民）たちは、〈我が国の社会通念上〉に生きていて、わけがわかっていて、おそらくは〈自重〉できるという設定だからであろう。本作の初出雑誌掲載時（「すばる」04・3）に韓国ではまだ、その通念（有害とする条項）に同性愛が含まれていた。それが記述上であれ〈受け入れ〉られたのは、奇しくも本作の単行本刊行（集英社、04・4）と時を同じくしてのことであった。

『アッシュベイビー』は、語り手の「私-アヤ」が大学で同じゼミだった館山ホクトとひょんなことからルームシェアを始めたばかりの頃より紡がれる。どちらも大学を卒業し「ものすごく高い倍率の中、奇跡的に念願の出版社に就職」したホクト（試用期間中）と「まともな就活をしなかったせいか、あえなくキャバ嬢に落ち着いた」アヤ（同伴ナンバーワン・指名ナンバースリーのレナ）との共同生活は、時に「母親」との生活を想起させる場面はあるにせよ、「関係」の希薄なものだった。しかし、ホクトの会社の知り合いである村野の登場から、本作は「関係」構築をめぐってさらに異常なほどの狂いを見せ、急展開していく。

本作は一見、前述した〈社会通念〉なるものによって裁断された「存在」たちが、「異常者に仕立て上げられてしまう」「現実」を問いかけているようでもある。否、ほとんど生モノのままで、投げかけているようでもある、と言うべきだろうか。しかしながら、単にその「目論見」の成否判断自体を目的としないにせよ、本作のそれ――〈検閲事項にとどまらない〉〈描写〉ないし〈表現〉はあまりにも危うい。殊に「私」の、モコへの言動――「レズ」や「ホモ」「バイ」という表象の根底にある認識のまずさは、それらが時に固有名詞のように、動詞のように、形容詞のように「私以外の事」で「何も興味はない」「他人の人生」を修飾していることからも明らかである。それは決して「私は本当に最低だ。そう思いながら言っていた。本当に最低でどうしようもない人間だ。本当に自己中心的で、自己顕示欲が強くて、欺瞞的で、バカで、どうしようもなく、痛い人間だ」と、自白のように敷衍することで片づけられる（べき）ものではない。また、村野に流され続ける「関係」が挙句に「結婚」という「制度」

に「落ち着いた」次の日、それをも「家事」などという「想像」をもって「苦笑」し、ナナへの〈はたまた自分への〉ヒステリーを「まるでテロに遭ったアメリカ人のよう」と言表しうる意識は、あまりにも危うい。

ただ、そうした語りの、テクストの限界を〈わたし〉〈の思想や認識ひいては〈内なる他者〉〉とは相容れない全き他者のものとして切り捨て、すべて作者ないし「私」に背負わせ、成否や価値の判断に終始することもまた「不毛」だろう。それは、ホクトの「変態」性行為が従来の論評で度々ペドフィリア／ペドファイルと言表され、あくまでその〈訳語〈概念〉〉といったふうに括弧つきで幼児性愛／者と添えられ、自己との「疎通」不可能性を前提とするごとき「距離」から、半ば〈病理—標本〉隔離のごとく言語化されたことへの、違和感にも通ずる。

「私」は、他人からの「下品」という嘲笑でも、自分からの「バカ」という苦笑でも、やはり負えない「他人の人生」という重荷から逃げ続けてきたと語る。そこに「想像」される「他人の人生」がどれほどまずいものであろうとも、「私」は「自尊心は揺るがない」ほどの「満足」を演出し得ていた。その生活と「理性」を保つための、「今自分が持っている必要最低限の物だけで充分」な処世術とも言うべき振る舞いは、たとえ〈社会通念〉にとことん加担していようとも、ある意味現代社会的な「関係」の希薄さの上で、成り立ってきたのだ。その実、今度は〈社会通念〉とはまた別枠の、「必要最低限」の「責任〈感〉」が欠落しているという自覚と罵倒を横目に。

こうした「私」の村野への「固執」や村野という「存在」のつかみどころのなさは、本人たちの、「私たち」の「幽霊」のような「性質」のみを、あるいはすべて「私」の「妄想」にすぎないとしうる裁断のみをもってすれば、「理解不能」で「無駄」な事柄と断じられるかもしれない。しかし、そこには、村野との「疎通」不可能な「私」の「妄想」じみた乖離的「現実」だけでなく、読者の現実への「疎通」可／否という「距離」をも同時に生成さ〈せら〉れてしまっているのではないか。

そうして本作は、「私」は、執拗なまでに「不釣り合い」で「不似合い」な「言葉」を投げかけ続ける。これは何も、「好きです」に限らない。「私」の言葉は、村野と出会う前から既に、執拗なまでに饒舌であったのだ。「いやいや」「本当は」と何も決定づけずに翻してきた「言葉」の中で、「好きです」だけが変わることなく繰り返されるのである。「死」を、願わくば村野に「殺してもらう」ことを希求して。

注意したいのは、ここの「死」とか「愛」とが「失楽園」的等式に回収されるものでないことだ。とりわけそれは、「私」が「心を開く」という「関係」に対して抱いていた次の因果構造の、逆説的なアプローチによる。

あまりにも他人を知ってしまった時、人は死ぬか殺すかの二択になってしまうのではないかと、思う。プライバシーのない関係、というのをよく目にする。私は彼らがものすごく怖い。互いに何を求めているのか、もう、互いの全てを知り尽くしてしまえばそれで満足なのかと、勘ぐってしまう。（中略）そういう、遠慮のない関係というのが、私は大嫌いだ。というか、そんなに見せ合ってしまったら、それはもう関係ではない。

連帯だ。何が悲しくて他人の人生を……と思うのだが、人はいとも簡単に人と別れる。

物語は、「私」は、「好きなんです」と最後まで受け入れられることのない言葉を繰り返しながら終わる。「ここには死がない。ここにあるのは、ただ存在が消えるという事だけだ」。意に介さない言葉だけが砕け落ちる「世界（ルーム）」に「生」を受けた「幽霊」たちは、アヤとホクト《シェアニスト》の共同生活の希薄さのように、ただそこに在るという事だけを投げかける。そこには、容易く反転される「生」も「存在」の現前もないのだ。そこに前後や因果関係を見出せない、実感できないがゆえに、「私」は「灰」（死後—火葬の煙）なのかもしれないし、「赤ん坊」なのかもしれない。結局何も決定づけ（られ）ないまま、句点のつけ（られ）ない「私」の「言葉」だけが、部屋《テクスト》に反響する。そこに、読者は、どのような「距離」で、どのような「関係」を見出せるだろうか、と。（大阪公立大学特任助教）

『AMEBIC』 ――アディクションを捉え返す――

片岡美有季

『AMEBIC』（「すばる」05・6）は、複数の雑誌や新聞に連載を持つ作家の「私」の視点で語られる。「私」は一年前から食事や水分をほとんど絶っているため、体重は三〇キロ前後しかない。さらに、抗鬱剤や無水カフェイン入りの錠剤、アスピリンなどの過量服薬や飲酒も常態化しており、何度も「錯乱」して「錯文」を書き残す。そして雑誌編集者の「彼」と、「彼」の婚約者である「彼女」との狭間で「私」は「分裂」していく。本稿では拒食や過量服薬、飲酒といった「私」の行為を〈不健康にのめり込んだ状態〉という意味でアディクションと捉えつつ、〈不健康〉の一語では捉えきれない「私」の身体の様相を読み解いていきたい。

まずは瀉血と拒食に執する「私」のありようを見てみよう。献血ルームに足を運んだ「私」は体重を理由に献血を断られるのだが、看護師に「私健康ですよ?」と反論する。「私」にとっての「健康」の基準は必ずしも医学的根拠に基づかない。周囲から「骸骨のような体」と評される「私」がさらに体内の血液量を減らすことは、看護師のいうように「危ない」行為であり、自損的な瀉血ともいえる。そして血を抜くことへの「私」のこだわりは、嘔吐へのそれと地続きになっている。献血に「わくわく」するのと同様に、指をのど元まで入れて嘔吐する習慣や「唾を吐く癖」によって体内の水分量が減ることに「私」は「喜び」を感じる。作者・金原自身は拒食といった行為に「生きることを否定することでしか生まれない生命力」があると述べ、それを「去勢」という言葉で表現している（金原ひとみ・斎藤環「特別対談　女性性の根源へ」「新潮」05・10）。また、拒食は「自分が自分として生きるため」のもので、食を絶つことで生じる「無限の分裂感覚」すなわち「『AMEBIC』と名付けた感覚と向き合おうとする」ためのものであるとも語っている（金原ひとみ・尾崎真理子「BOOK STREETこの著者に会いたい　金原ひとみ『AMEBIC』」「Voice」05・10）。食事や水分を拒絶することは「私」を欲望から「解放」し、「去勢」された生きやすい身体にするのである。同時に、体内の水分量を減らすことにこだわる「私」の行為が、父親の言葉に起因していることは看過できない。異性愛主義的で父権的かつ女性ジェンダーを強いる父親の言葉によって、「私」は女性らしさの規範意識を「刷り込まれて」いることを自覚する。

それは女性らしいプロポーションを強制的に作り出すコルセットにも同様にいえる。コルセットは「私」の身体を社会化されたジェンダーの規範に押し込み、「私」の性的規範意識と物質的身体を形作る。しかし、身体を「矯正」し曲線美を生むはずのコルセットは半年前から「ずり落ちてくるように」なり、「最近ではウェストにぐるぐるとさらしを巻いてから装着しなければなら」ない。女性の場合「さらし」は胸の膨らみなど身体の曲線的な部分を覆い隠すために用いられる。しかし皮肉にも「私」にとっては、身体を補填するための道具として機能しているのだ。すなわち、女性になるための「訓練」によって、かえって「私」の身体が女性的なるものから遠退いていくのである。

では、過量服薬と飲酒は「私」にいかような影響をもたらしているだろうか。これらはアディクションとしての内実よりも「錯乱」が問題化されている。「錯乱」は「血抜きのようなはけ口的なもの」と語られ、魚や肉の鮮度を「血抜き」によって保つように、「正気」の「私」が〈生き腐れ〉するのを食い止める手段である。そもそも、拒食状態で水分も摂らない「私」は「肛門」から排泄することもままならず、三〇キロ前後しかない身体が無月経であると仮定すれば「マンコ」から出血することもなく、汗をかくことに強い抵抗感を持っているため「毛穴」から発汗することもない。女性になるための「訓練」で得たはずの身体はシステムやバイオリズムが「破綻」し、〈出口〉を失っている。「破綻」した「私」の身体は過量服薬と飲酒によって、「発散」のための身体の〈出口〉を求めるが、そこには「錯乱」という〈出口〉しかない。本作では「錯乱」は「錯文」を生む営みとして描かれている。作家の「私」が書いた「錯文」——とりわけその一つが「アミービック」と名付けられていることは示唆的だ——は、「錯乱」という〈出口〉から「内にある私のもの」が外化された「私」の身体イメージそのものとして描かれているのである。

「錯乱」して「錯文」が増えるほど、「私」自身も「分裂」し多数化していく。身体の異なる器官によって得た感覚も予め「分裂」しており、ビニールテープのモチーフはそれを便宜的に束ねるものとして機能している。それは先述したコルセットとも連関している。コルセットは「分裂した、数百、数千、数万もの私を、一個体にまとめ上げ」て「私の精神を正気に保ってくれているよう」なものだ。「分裂」を繰り返す「私」は、同時に束ねられることによって「一個体」として〈統合〉される。

この「分裂」する感覚の内実には「嫌悪」と「嫌味のない中傷」が関わっている。「分裂感覚」は「嫌悪感」から生まれるものとして語られているからだ。「嫌悪」は一貫して足元から「私」の中に入ってくる。幼い頃、見ず知らずの男性に太ももを触られた際に感じた名付けようのない感覚は、大人になった「私」によって幾度となく追体験されて増幅し、身体に「吸収」され蓄積される。そして、太ももを触る行為には「悪意」があったと「彼」の言葉で言語化されることにより、名付けようのなかった感覚は初めて「嫌悪感」という身体感覚になる。このように「私」の感覚は〈いま・ここ〉で感じているありようではなく、つねに遅延するものとして語られる。最終的に、蓄積された「嫌悪」は「錯乱」という身体の〈出口〉から「錯文」として外化されてゆく。他方、「彼女」が「私」に向ける「中傷」は、「私」の身体を充血させて膨張させ、「私」はそこに「針」を刺して「血抜き」したいと思うが「出血多量」で「死んでしまいそう」に感じる。血の代わりに排出できたのは、「口ごもった挙句」にようやく発せられたささやかな反論の言葉だ。饒舌な「錯文」とは裏腹に、「私」は「口」という〈出口〉から言葉を発することすらままならない。「私の口は何もかもを言葉にしない」からこそ、「私」には「錯文」という身体の〈出口〉が不可欠なのだ。〈不健康にのめりこんだ状態〉に見える「私」の行為は、〈不健康〉という一語では片付かない、「私」の意のままにならない身体のありように根差している。

最後に表紙に付された「[Acrobatic Me-ism Eats away the Brain, it causes Imagination Catastrophe.]」というコピーに注目してみたい。斎藤環は金原との対談の中で、これを「ある種のナルシズムは自我そのものを危険にさらす」と訳しているが本稿で重視したいのは金原が「無限の分裂感覚」を意味する「AMEBIC」というタイトルが先にあり、その後この英文を作ったと述べていることである（斎藤環・金原ひとみ、前掲対談記事）。金原の言葉に基づけば、タイトルの「AMEBIC」は一語で意味を持つと同時に、アルファベットの一字一字に「分裂」し、「Acrobatic」（動的な）、「Me-ism」（自己中心主義）、「Eats away」（浸食する）、「the Brain」（脳）、「Imagination」（文学的想像力）、「Catastrophe」（大惨事）と独立した別の語を生成し、さらにそれらが一文として意味を成したものがコピーだといえる。すでに表紙において、「分裂」と〈統合〉が自家撞着的に起こり、かつ〈全体〉として有機的に機能している「私」の身体のありようそのものが表されていたのである。

（弘前大学人文社会科学部　助教）

『オートフィクション』
──虚構を生きる──
大西永昭

オートフィクション──作中での説明をそのまま借用するならば「これは著者の自伝なんじゃないか、と読者に思わせるような小説」──とは、少なくともそのデビュー以来、本人の望むと望まざるとに拘わらずこの作家が向き合い続けざるをえなかったテーマであることは間違いない。『AMEBIC』（集英社、05・7）の発表後に行われた精神科医の斎藤環との対談の中で「自伝的なものも書いてみたい」（「特別対談　女性性の根源へ」『新潮』05・10）と述べていた金原が、書き下ろし長編として発表したのがこの『オートフィクション』（集英社、06・7）である。そこから時を隔てた二〇二二年、金原が責任編集を務めた『文藝』秋号のテーマが「私小説」であったことは、作品の自伝性をめぐる問題が金原ひとみという作家を語るうえで避けては通れないテーマであることを物語っているだろう。

芥川賞の受賞後に行われた対談の中で村上龍が「作中人物と金原さんは当然違うキャラクターなわけだけど、どこかに作家が投影されている。特にデビュー作の主人公はそうですよね」（「特別対談　作家という最後の職業」『文学界』04・3）と述べているように、当時何かとメディア上に映し出された当人の容姿と作中に描かれた主人公の姿との親和性も相俟ってか、金原の作品にはそこに作者の像を重ねるようにして読むという、一種のオートフィクション的な受容のされ方がつきまとっていた。その意味で「オートフィクションを書」くということが物語の前提となっている本作は、作者が自身の作家性と初めて意識的に向き合い、そのことを創作の根幹を成す仕掛けとして用いた企みに満ちた一作といえる。

主人公の高原リンは二十二歳の作家で、彼女がシンと呼ぶ編集者の男性と結婚している。注目すべきは、金原自身も二十二歳のときにやはり編集者の男性と結婚しており、作者に関する作品外の情報を知る読者ならば、その時点でこの主人公に作者の自己投影をみてとるだろう。また、リンが自身の過去を記したと思しき作中作の中で描かれる「スロット狂の男」と同棲していた十六歳の頃のエピソードなども、芥川賞受賞時のインタビューで金原本人が自身の高校時代を回想して語った内容と重なる部分を備えている。日本近代文学における私小説流行の端緒を開いた「蒲団」の主人公の名前が竹中時雄であってもそれが作者である田山花袋のこととして読まれたように、読者は小説の主人公である高原リンに作者である金原ひとみの影を認めずにはいられない。この小説は作中人物である高原リンの〈オートフィクション〉であると同時に、タイトルそのままに作家・金原ひとみのオートフィクションとして我々の前に差し出されているのである。

作品構成は、リンが〈オートフィクション〉を書くことになった経緯が説明される「22nd winter」と題された章を筆頭に「18th summer」「16th summer」「15th winter」の順に時間を遡行するかたちで語られていく形式となっており、最終章の「15th winter」においてリンが中学生のときに妊娠した子供を中絶していたことが明かされる。ここに至って読者はなぜこの主人公がこれほどまでにパートナーとなる男性に過剰とも思える愛情表現を求め、かくも不安定な情緒を生きねばならないのかという問いに対する一応の答えらしきものに触れることができる。つまり、愛する男に裏切られ、一つの命を絶ってしまったという罪悪感が彼女の人生を拘束しているとする理解である。だが、一人の人間の生を規定するものとして原罪のように過去の中絶経験を配置するというこの構成はいささか凡庸に過ぎないだろうか。他にもこの小説には中絶以外にもレイプやＤＶといったショッキングな事件が描かれているが、それらはこれまで身体改造や小児性愛などを描いてきた金原作品に比較してみるとどこか凡庸な印象を受ける。それは事件そのものがありふれているというのではなく、この小説の発表された当時一世を風靡していたケータイ小説がまさにそういった女性を取り巻く暴力に関する題材を頻繁に取り扱っていたという意味で凡庸というのである。「恋空」や「赤い糸」といったジャンルを代表する作品にも典型的なように、ケータイ小説では作者と主人公が同一名で、作者の実体験を元にしたフィクションであることを強調するものが珍しくない。そう考えるとケータイ小説とはオートフィクションであり、本作の書かれた二〇〇〇年代は若い女性の虚構的自伝が文学の一潮流を担っていた時代だったといえる。おそらく金原がそうしたことも十分意識したうえで本作を執筆しただろうと思われるのは、主人公のリンが〈嘘を憎んでいる女〉でありながら〈オートフィクション〉の依頼を受けた瞬間に「私に、あのサナトリウムでの幼少期を書けとおっしゃるんですか?」と口走ってしまうような、整合性の無い嘘を咄嗟についてしまう矛盾を抱えた人物として造形されている点である。本田透は「ケータイ小説の読者にとって重要なキーワードとは「リアル」である」と述べ、「ノンフィクションと銘打たれていればそれが「リアル」＝「嘘じゃない」というふうに感じられる」（『なぜケータイ小説は売れるのか』ソフトバンククリエイティブ、08・2）というケータイ小説の読者たちの価値観を紹介しているが、嘘ではないこと自体に意義を見出すケータイ小説と比較したとき、金原がこの小説を嘘をめぐる物語として描いたことは実に象徴的である。

　十八歳以前にリンが付き合ってきた男たちは全員彼女に嘘をついたことがある一方、結婚相手のシンにだけはその描写がない。だが、リンが妄想的な不安を抱いてしまうのはむしろそのシンに対してである。このことからもリンが憎んでいるのが実は嘘そのものではないことがわかる。リンはシンが所有するトランクに強く執着しており、「トランクには、シンの秘密が入っている。シンの秘密はいつも、いつの日もトランクの中に鎮座している」と信じている。しかし、「その秘密が何であるかはどうでもいい。ただ、シンが私に秘密を持っているという事実だけが、苦しくて悲しくて死んでしまいそうな絶望を生んだ」とあるように、実際のところリンにとってシンの秘密の内実はそれほど重要ではない。リンが望むのはシンと「全てが同化して、中和され、愛がどろどろと溶け合い、一つ」になることである。愛する者との同一化を目指すというこの態度は、金原がデビュー作から繰り返し描いてきたテーマでもある。だが、この作品においてはその同一化への意志にやや変調がみられる。

嘘をつかれるとその男を愛せなくなるリンだが、かといって嘘をつかない相手には秘密の存在を嗅ぎ取ってしまう。そんな彼女が他者と同一化することなどそもそも原理的に不可能だろう。「愛するという事は死ぬという事だ。生きていたら愛する事など出来ない。生きるべきか死ぬべきか愛するべきか愛を諦めるべきか」――この究極の問いかけに対峙するためにそんな彼女が採ったのが、虚構を生きるという選択である。「そう思わなければ生きていけないからそう思うことにしている」という言葉の通り、リンは実現されない同一化の代償行為として自らが創り出した虚構とともに生きている。この小説は自伝を謳いながらリンがなぜ作家になったのかという部分が空白になっている。しかし、その空白を埋めるピースはすでに揃っているはずだ。同一化を望みながら「死にたくない」と思っている彼女が、虚構を生み出す職業である作家になったことは必然であっただろう。生きることとは虚構を生み出し、そして〈書く〉ことであるという信念、その覚悟がこの作品には表れている。これはその時点での金原の作家としての態度表明でもあっただろう。

（松江工業高等専門学校准教授）

『ハイドラ』――食べることと人間関係――

藤原崇雅

『ハイドラ』（新潮社、07・4）の主人公早希は、著名な写真家・新崎の専属モデルで、私生活でも彼と洒脱な内装のマンションに同棲している。しかし、そのことは世間に公表しておらず、次第に冷えていく関係に不安を感じている。また、早希は新崎の写真集のイメージにあわせるため、常に痩せた体型でいようと心がけており、そのためか拒食や噛み吐きをしている。あるとき、早希は知人と人気インディーズバンド・セクシャルズのライブを観た後、ボーカルの松木から告白される。戸惑う早希であったが、バンドの曲や彼のまっすぐな性格が気に入っていたこともあり、付き合うことになる。新崎の方へは帰らず、松木のマンションに滞在していたが、しかしそこでも噛み吐きを行う。そして、全国ツアーに付いて来て欲しいという松木の誘いに対して明確な返答をしないまま、新崎の元へと戻る。

本作は発表当時、多くの雑誌に書評や紹介が掲載された。たとえば、古川日出男は書評（「プレイボーイ」日本版、07・8）のなかで、「最終的にこの作品は恋愛小説をやめていて」「そこが興味深かった」と、早希が松木の所から新崎の元へと戻る結末部のプロットを高く評価している。さらに、この作品については、斎藤環「アブソープションと関係平面」（『関係の化学としての文学』新潮社、09・4）という先行研究もある。斎藤は「愛人である写真家の欲望に感応して摂食障害になり、「噛み吐き」が止まらなくなるヒロインは、そのマゾヒスティックな受動性を介して、当の写真家に不可逆的な影響を与える」と述べている。早希は自身の意見を述べずに新崎の希望を全面的に受け入れているのだが、そうした態度が新崎の態度を決定してしまうと、斎藤は分析している。

さて、本作は食べることについての描写が多く、たとえば地中海料理店の場面では、「一口マリネを口に入れた。酸味がじわりと口の中に滲んでいく。マリネが胃に届く前に、シャンパンを一口飲んだ」とある。早希は食事をしながら友人である美月と話しているのだが、会話と並行して、食べているものやその味、さらには食べ物が胃の方へ降りていく感覚が語られている。美月はこのマリネを含む前菜盛り合わせに対し、「うっわ、おいしそー」と目を輝かせているようだが、早希は食べ物やそれを食べることについて、美月とは異なる感じ方をしている。こうした食に対する感じ方は、新崎との関係のなかで獲得されていったと早希は考えている。「被写体としても女としても一番でありたかった」が、「誰が一番大事なのって聞いたら、他の女の名前を言われるって分かってた」ので、「私は噛み吐きをやめられなくなって、痩せていってどんどん気持ち悪い生き物になって」いった。早希は食べないことで、新崎にとって最も好ましい状態であろうとしており、そのため食事を体内に入れることに違和感を持つようになったのである。

早希は「人間らしさのない、不健康的、奇形的体型」であり続けることに自身の価値を見出している。だが注意しておきたいのは、新崎の希望を受け入れるという受動的なありようを、彼女が自身の意志のもとに積極的に引き受けていることである。彼女は「新崎さんの望みであったとしても、選んだのは私だった」と吐露している。早希のなかで、食べることの困難さは、新崎との恋愛という人間関係がその要因として理由づけられているのである。

磯野真穂「還元主義」(『なぜふつうに食べられないのか』春秋社、15・1)は、「摂食障害の症状の本質を心理的な葛藤や苦しさの表れと捉える見方は、現在の摂食障害の専門家に共通して見られる認識であり」、「当事者であった人々」にも共有されているとし、こうした考え方を摂食障害の「本質論」と呼んでいる。この考え方を踏まえると、早希もまた、本質論的な枠組みによって自己を理解していると言える。しかし、本質論を敷衍するなら、新崎との恋愛関係が解消されれば、食べることの困難さも解消されるはずである。しかし、物語ではそうなっていない。松木のマンションに行き、チャーハンを食べた際も、「罪悪感だけが残っ」てしまい、食べることに関する話題が出る度に、「ぐっと吐き気がこみ上げ」、最終的に松木のマンションでも噛み吐きを行う。もちろん、これは新崎との生活のなかで獲得された考え方を引きずっているためでもあるだろうが、重要なのは、その考え方が身体に紐づいた習慣的な次元で起きていることである。地中海料理店の場面で、早希は前菜盛り合わせを前にして、「目の前に並んだ料理をそれぞれ一口食べると、あとは飲む方に徹し」ている。人によって会食の仕方は異なるだろうが、会話と食事とはランダムな順序で行われる場合が多いように思われる。しかし、早希はと言えば、一気に全種類に手をつけ、あとは飲む方に徹するという、会話の時間と食事の時間が明確に区別されている会食の仕方である。早希が「胃の調子が悪くて」と述べているように、こうした食べ方は体調が原因であるかのように説明されている。そのことに美月も疑問を抱いている様子はないが、それでは痩せなくてもよい状態であれば、早希は自由な食べ方をできるかと言えば、それはできない可能性が高い。なぜなら、松木と付き合うことになっても、早希は拒食をはじめとした習慣を継続しているからだ。「仕事を失ってもいい。太ってもいい」状況になったにもかかわらず、早希は食べることの困難さから解放されない。

早希のなかで本質論的に理解されている食べることと人間関係の因果関係は、実は逆なのではないか。磯野「食の本質　私たちが食べるわけ」（前述著書）では、噛み吐き（チューイング）を長期間続けると、「体験の積み重ねによって育まれ、そして維持されてきた食のハビトゥスが身体から流出し」、「ハビトゥスによって構築、維持されていた人と人との紐帯が少しずつ断ち切られていく」と述べられている。食の方法は、元来文化や社会によって細かく決まっており、人々は体験を通じて食をめぐる習慣(ハビトゥス)を身につけていくが、それが噛み吐きによって分からなくなってしまい、結果として人間関係にも影響が出るのである。磯野が指摘するのは、本質論とは逆の、人間関係の要因として食べることが作用するような枠組だと考えられる。

早希は、性格的に優しい松木といても、食べたものを吐き出すことばかり考えてしまい、落ち着くことができない。一方、新崎といるときは余計なものを食べなくて済み、「黙ったまま、二人で並んで煙草を吸う」ような過ごし方が可能なため気持ちを落ち着かせることができている。つまり、早希の身に起きているのは、人間関係の不調が食べることの困難さを招いているということではなく、食の習慣を失ったために会食を介在させない人間関係のなかで落ち着くことができるということなのである。もちろん、当初は人間関係の問題が拒食や噛み吐きに向かわせた可能性は高いだろうが、それらを継続していくうちに、早希は食の習慣を失ってしまったのだ。

以上のように考えると、同時代評で注目されていた結末部は、単に早希がどちらの恋人を選ぶかをめぐって解釈が開かれている箇所とは言えない。早希は「ひょんなことが起こったとしたら今すぐ立ち上がって松木さんのマンションへ駆け出すだろう」と思っているが、仮に早希が松木の所へ駆け出したとして、噛み吐いた食べ物のように食の習慣が流れ出した彼女の身体が、バンドの全国ツアーの同行に耐え得るとは思えない。早希は新崎のもとを離れたとしても、身体における習慣の欠如からは離れられないのである。かといって、彼女が食に関する習慣を徐々に取り戻したとしても、それはそれで「黙ったまま、二人で並んで煙草を吸う」ような過ごし方では物足りなくなるはずだ。『ハイドラ』では、食べることが人間同士のあり方を決定してしまう、そうした関係の不自由さが描かれている。

(信州大学教育学部助教)

『星へ落ちる』

――遅延される幸福への依存の物語――

柳井貴士

金原ひとみは二〇〇三年にすばる文学賞を「蛇にピアス」で受賞し、翌年同作で芥川賞を受けた。「蛇にピアス」は性行為描写、スプリットタンやピアスなど肉体改造の描写も注目された作品であった。現在も多方面に活躍する金原ひとみの初の短編小説集が『星へ落ちる』（集英社、07・12）である。

『星へ落ちる』には恋愛をテーマとした五編の作品が収録されており、単行本帯には作品の説明として以下のように記されている。

彼との部屋を出て新しい彼と付き合い始めた私。（作品名「星へ落ちる」―引用者、以下同）／彼が女と浮気をしていると知り自殺を考える僕。（「僕のスープ」）／彼と共に暮らすことになっても不安なままの私。（「サンドストーム」）／彼女が突然去ってしまった部屋で待ち続ける俺。（「左の夢」）／彼と結婚することになったが、絶望していく私。（「虫」）

五つの作品の登場人物には名前が記されず、それぞれ「私」「僕」「俺」の視点から、対象の「彼」「彼女」が描かれていく。「私」と「僕」は「彼」をめぐる恋愛のライバル関係にあり、「私」に出ていかれてしまい同棲を解消された「俺」は、決定的な別れを遅延したまま一方的な思いを「私」にぶつけるしかない。「私」は女性であり、

「彼」の同棲相手との関係が「男同士の恋愛関係」であることも知っている。

所収された各作品では一人称の視点を用いることで、それぞれの関係が主観をもとに語られる点が特徴であるものの、五作品の中、「彼」の一人語りがないため、読者は「彼」という中心に対して曖昧な距離で接するしかない「私」たちの思いを共有しつつ、人物たちの分裂と接続の様子を見ていくことになる。「私」「僕」「彼」さらには「俺」を軸とした関係が途切れつつ継続され、最後に「私」と「彼」の結婚という結末が用意されながらも、例えば「虫」では、「私」の不安は絶えないのである。

「私」は元の彼氏である「俺」との間に見失った恋愛感情を、いま付き合う「彼」に求めながら、全面的に依存できない不安定な状態にある。それは「僕」という「彼の恋人」の存在が邪魔しているからであり、やがて結ばれる結婚の約束にも不安を感じている。「私」と「彼」との関係を、「私」自身は〈浮気〉だと認識しており（68頁）、一方で、「僕」も、「あの女＝私」と「彼」の関係を〈浮気〉だと考える。だが、それは「僕」がいまある「彼」との関係を明確にするための認知の発端にもなるために、「僕」自身は苦しまざるを得ない。

そうやっていく内に、彼はどんどん僕に心を許していったし、時には体を求めるようにもなった。恋人じゃない。分かっている。彼は僕と付き合っているとは思っていない。でも僕は今の状況を、浮気されてる、以外の言葉で考える事が出来ない。（中略）彼があの女と付き合い始めて、初めて僕は自分の気持ちを認めた。それまで押し殺していた気持ちが、噴き出した。（「僕のスープ」40〜41頁）

「僕」と「彼」の関係を意味づけるためにも、〈浮気〉という認識が必要とされる。「彼」との関係において「嫉妬も束縛も依存もしない関係でいる」ことを試みていた「僕」だったが、この〈浮気〉という認識によって自己のアイデンティティ、さらには性自認とその表出の在り様とも激しく向き合うことになる。

僕が女だったら、この二年間で絶対に結婚まで漕ぎ着けていたはずだという、不毛な自信がある。変えられないのは彼が本気になっている相手が女だという事実で、惨めな事に、もしそれが男だったとしたら、僕はこんなに惨めじゃなかった。（「僕のスープ」44頁）

そして「僕」は「彼」に対して〈死〉を提示することで関係性の継続や変化を求める。自死という脅迫は、「彼」を疲弊させつつ、一方で「彼」の「私」への依存度を高めることにもなる。

一方、「私」は「俺」との関係を清算しようとしつつ、「彼」との同棲を始めるが、「彼」は「僕」との〈浮気〉を終わらせない。「彼」という中心の周囲に立つ「私」と「僕」は、「彼」の決定打を見ないまま、曖昧な関係の中に埋没しつつ、食事やセックスという行為を通して、「彼」に欠落をふまえたままに依存していくのである。

「サンドストーム」をみてみよう。「僕」が自死の失敗により「左手の人差し指が動かせなくなった」ことが「彼」から「私」に報告される（81頁）。「彼」はそう告げてから海外出張に出かけるのだが、その空白において「私」は次のように考える。

ふと、開いた左手を見下ろす。人差し指を、何度か折り曲げてみる。手を下ろすと肩の力を抜いて、仰ぐように歩道橋を見上げた。その時、滑り落ちたものを感じる。彼のいない国は、なんて無意味なんだろう。私はその時、生きてる意味が見えなくなった。（「サンドストーム」84頁）

ここで「私」は動く左手を見ている。左手の動かない「僕」と対照的でありながら、動くことをめぐる身体の優位性は、「彼」の不在をめぐり無化されている。テレビ放送終了後の砂嵐画面（サンドストーム）は「私」の行き先を不透明にする象徴である。「私」は「僕」という存在の影に怯えながら、ここでも「彼」が不在ゆえにその周囲を空転するしかない。

ばしゃばしゃと顔にお湯を受けながら気づく。いつの間にかあの人（「僕」―引用者）と私の立場が逆転している事に。私と彼の関係が浮気だった頃は、あの人が私の影に怯えていたのに彼があの人の元を去ってからは、私があの人の影に怯えている。顔を上げようとした瞬間、私はまたイタリア料理を吐き出した。（「虫」133頁）

結婚へ向かう「私」に幸福感はない。「僕」の抱えた痛みは、「私」に分有され継続される。ここにおいて、「彼」の実存の向こう側に存在し続けるであろう「僕」が際立ち、「私」と「僕」との間に模倣的な関係が結ばれてしまう。幸福は遅延され、到達を見ることはないのかもしれない。

（「私」が雑誌に書いたエッセイの一文―引用者）どうして彼と出会うまで処女でいなかったんだろうと今までの恋愛を後悔し、どうして私と出会うまで童貞でいてくれなかったのと言っては彼を責めるばかりの幸せな日々に、あの時感じた浮気の罪悪も埋没していく。（「左の夢」112頁）

ここでは「彼」と「僕」とのホモセクシャルな関係に対して、ヘテロセクシャルな身体性の純化という夢想的言説を「私」は持ち込んでいる。そうすることでしか、恋人との関係に幸福は訪れないのだから。

『星へ落ちる』は、各作品を連鎖させつつ一人称視点の登場人物が抱く不安感を関係の軸にしながら、同性異性の恋愛の可能性と不可能性を混在させた短編小説集といえるだろう。

（愛知淑徳大学教員）

『TRIP TRAP』――「二人組」の女の可能性――瀬口真司

金原ひとみ『TRIP TRAP』(角川書店、09・12)は「旅」をモチーフとする連作短編集である。二〇一〇年一二月、金原は本書で第二七回織田作之助賞を受賞した。

収録された六篇それぞれの語り手＝「私」はいずれも「マユ」という共通の名を持っている。主人公の年齢も体調も「旅」のシチュエーションも、また文体もそれぞれに異なる六篇だが、しかしひとつの同じ名前は強固な連続性を読者に意識させるだろう。本書は、ひとりの女性が年齢を重ね、変化する物語であると、ひとまず構成の面からは言っていい。巻頭の「女の過程」から巻末の「夏旅」にいたる六篇の配列は、家出少女だった一五歳の「マユ」が、青春を奔放に謳歌し、結婚し、「夫」との関係に悩みながら、妊娠・出産を経て、子を育てるというライフステージの変化のなかで、精神的に自立した女性になっていくというプロットを浮かび上がらせる。

こうした流れを、仮に「マユ」の〈成長〉とするならば、全体の流れのなかでもう一つ重要なことは、二作目の「沼津」で一七歳の「私」が「自分が働くということを前提に考えたことがなかった」と語っているのに対し、三作目の「憂鬱のパリ」の二〇歳の「私」がすでに作家を思わせる「仕事」を抱え、「夏旅」においては育児と並行して「限界までパソコンに向か」う身体のメンテナンスや家事労働を外注できる程度の金銭的な余裕をも獲得していく様子が読み取れることだ。ただし、本書において「仕事」は「理知的」な「夫」との関係や、育児とのバランスにおいて、「量」の面から語られるのみである。作家としての深化や充実が語られることはない。

本書収録各篇の執筆から刊行までの間に金原自身は妊娠・出産を経験している。震災直後の織田作之助賞受賞インタビューで、第一子出産について「転機でした。出産前と出産後で、自分がパツンと途切れた。気の向くままに学校に行かなかったり、好きな人と暮らしたりしたけれど、こんなことしたくないといって捨てられないものができたのは初めて」と語っている（「朝日新聞」11・3・25）。このインタビューからほどなくして刊行される長篇『マザーズ』（新潮社、11・7）は、金原の作家キャリアに大きなインパクトをもたらした。本書も、『マザーズ』をひとつの結節点とみなす作品史観のなかで位置付けられつつあるのではないだろうか。

織田賞選考委員でもあった稲葉真弓は、本書の文庫版（角川書店、13・1）「解説」で「あるいは作者は、これは女の成長物語ではなく「女が去勢される物語です」と言いたいかもしれない」と述べている。本書を連続した一つの物語とみなすとき、「私」を抑圧し「私」に不全感を印象付ける存在がパートナー男性から「子」へと交代していく段階があることは見逃せない。ここで〈成長〉を異性愛体制のなかに整序しきってしまうことはひとつの限界である。しかし物語とその配列は、やはり「母」になることを極めて大きな変化として設定している。

また、本書のサブテーマは明らかに〈依存〉である。泉谷瞬は、金原の初期作品において、パートナー男性と一体化することを願望する女性の類型が指摘できること、またその願望がさまざまな形で達成されないことを述べた（『結婚の結節点――現代女性文学と中途的ジェンダー分析――』和泉書院、21・6）。さらに泉谷は、『マザーズ』において「子供」が「理想的」な状態を妨害し「家族そのものを否応なしに変質させてしまう危険性を備えた存在」として表象されることを示し、「これは金原作品の「二人組（カップル）」が「二人である」がゆえに、安定的な状態を目指すものとして書かれていたことも同時に意味している」と位置付けている。本書収録の「憂鬱のパリ」「Hawaii de Aloha」「フリウリ」もまた、こうした分析の射程に収まるものである。

しかしながら、無銭に近い状態で旅行し、ナンパ男たちを利用して(ときにヤクザに怯えたり、謎の「四次元ゲーム」に参加させられたりしながら)遊ぶ一七歳の「マユ」と「ユウコ」を描いた「沼津」は、「二人組(カップル)」の一体化を望む女性という類型からは逸脱しており、「母」になること=〈成長〉がテーマであるかのように配列された短篇集の内でも異質である。この目的らしい目的のないように見える「旅」が連作のなかに配置されることは興味深い。「沼津」において、パートナー男性との一体化願望という視座ではとらえきれない「浮気」や旅中のナンパ待ちという諸要素はもちろん目立つ。しかし異性の「二人組(カップル)」ではない同性の友人同士がこの旅の行動の単位となっていることこそ重要ではないか。「ユウコ」のような友人は、婚姻を軸とする男女や、その「子」といった定型的な家族の構成員からは排除されることになる。それでも、二人は「沼津」において二人組である。恋愛関係でなく、友情やシスターフッドとも異なるかもしれない関係で結ばれている、この同性の二人組が物語のなかに配置されている構図の重要性を読み取るべきである。

「マユ、ヤッた?」/「てない」/「あ、そうなんだ」/「そっちは?」/「た」というように二人はお互いの言葉に乗り込み合うようにして、プアな言葉づかいで会話するが、同一化しているわけではない。高校中退後、彼氏の家に転がり込んでいる「私」は「きちんと毎日食事を作り掃除洗濯をして、彼氏と毎日スロットやパチンコを打って」暮らしており、ユウコの普段の暮らしぶりに詳しいわけではない。そのため「私」には、ユウコの生活が「輝かしい青春」に見えている。親が別荘を持っている「ユウコ」と「私」の間には実際に経済的な格差もあるだろう。二人の間には恋愛観の隔たりもあるようだ。「生活も友達も違うけれど、気が向いた時にメールをして、予定が合えば渋谷辺りで会うっていう感じで仲の良いまま付き合っている」安定的な二人の関係は「私」が

「ユウコ」に、金銭的にも精神的にも依存しないことによって基礎づけられている。

「私」の語りが立ち上げる二人の差異は、楽天的で行動的な「ユウコ」と、どちらかといえばそれに追随し、ときに振り回される「マユ」の関係性として現れる。もちろん、これは結婚後の物語の「マユ」が積極的に「夫」にスポイルされたがるような〈依存〉関係とは区別される。マッチョな「タカシ」に「こいつナンパ嫌いだから」と評されている「リョウ」や、「俺は嫌だけど」といいつつも「ヨウスケ」の提案した「四次元ゲーム」を行うのにやぶさかでない「ユウジ」は、一見「マユ」の立ち位置を反復するようでもあるが、一方で男たちは「マユ」と「ユウコ」の差異に注目することなく「こんな適当な女たち」「二人ともアユそっくり」と二人を区別せずひとまとめにしてしまう。この点について、男たちが常に二人組で登場しながら、ほとんど男同士で会話しないことは示唆的である。彼らにとって二人組であることは、異性と対になる点においてのみ重要であるかのようだ。

そして、彼らのさまざまな働きかけは、「不安薄」な「ユウコ」と、「不安」を持続させ続ける「マユ」という対照的な反応を引き出す。「四次元ゲーム」が破綻した場面で「ユウコ」は「頼りがいのある女」に見えてくる。半ば切実に、半ばゲーム感覚で「節約」乗車される電車や、男たちの車、ヤクザのバナナボートといった乗り物も「女」を取り巻く構造の隠喩である。旅の終わりの丸ノ内線で「マユ」が「ユウコ」にかけた電話は、電車が動くことで途切れてしまう。彼氏からの着信を無視したあとで、「ユウコ」がかけなおしてきた電話に出た「マユ」が、何かを言いそびれるという結末部は、この二人組の関係が(あるいは本書が)抱える構造的な限界を象徴している。しかし、その言葉が語られないことは、この限界を越えられる可能性が温存され続けていくことでもある。この結末部は、(一時的にとはいえ)離ればなれの二人組が互いを思いやる本書唯一の場面である。

(立教大学大学院博士課程後期課程)

『TRIP TRAP』——〈私〉はどこにあるのか——木下幸太

『TRIP TRAP』では、主人公マユの、一五歳の時の家出、成人後のハワイ旅行など、彼女が各所を訪れた時の体験が語られる。自宅を離れ、外部へ行くことを旅と呼ぶならば、作中では始終、旅の途上のマユが語られる。

稲葉真弓が第二章「沼津」をマユが「ふいに「自分の位置」を見いだそうとする物語」と評した（角川文庫・「解説」）が、作品全体を通して、マユは旅の途上で現在の「自分の位置」を不意に見つけてしまう。第一章「女の過程」でマユが「自分」とは「周囲との関係性によって象られた」ものと語るように、マユは旅の途上で多くの他者たちと出会ってしまい、それによって「自分の位置」を幾度も見つけてしまう。「自分の位置」を見つける際、マユは他者をネガティブな情動を伴って拒絶する。例えば、「Hawaii de Aloha」では、マユはハワイでの旅行中に、夫である「彼」を「ひどく憂鬱で悔しくて憎くて、彼を許せな」くなってゆく。同様に、「怒り」「苛立っていた」（「女の過程」）、「居心地の悪さを感じた」（「沼津」）など、マユは他者と関わるなかでネガティブな情動を生成する。こうした情動から、マユは目の前の人物が自分と似た存在ではない〈他者〉であると認識することによって、相対的に自分自身の〈良い／悪い〉という価値観、いわば「自分の位置」を発見する。マユが旅の途上で発見するのは、その時ごとの「自分の位置」、すなわちマユ自身が規定した〈私〉なのである。

『TRIP TRAP』という題名も、〈私〉をめぐる主題系から考えられる。先に紹介した稲葉の「解説」は、『TRIP

TRAP』が〈旅〉と〈罠〉という意味を含む題名と指摘する。本論では、加えてノルウェーのStokkeというメーカーが一九七二年から製作している「Tripp Trapp」という椅子の名前と音が重なることも指摘しておきたい。ベビーチェアの定番「Tripp Trapp」の特徴は、座席や足のせ板の位置を調整することで〈幼年時代から成年後まで共にできる〉ことである。この特徴が、本作では、マユによる自己規定＝〈私〉を象徴するものとして機能する。マユは、いつまでも何かしらの〈私〉でいなければならない。例えば「フリウリ」で、マユは産後、いかなるものも諦め、妥協し「そんなに欲しくなかったグッチのマンマバッグ」を買うようになったと語るが、それは思い描いた理想の〈私〉を諦めただけで、諦めても〈私〉でいること自体は付いて回る。同様に、マユは「一人で何かしなければならない状況が私は嫌」（「憂鬱のパリ」）だったのに、〈女〉や〈母〉という属性にはめられ、他者から自立した個体として見做される。〈女〉や〈母〉などの属性による葛藤の以前に、そのような何かしらの属性を備え得る自立した個体として見做されることで葛藤が生まれる。マユの葛藤は、他者とは違う何かしらの〈私〉であることを〈幼年時代から成年後まで〉強いられ続けることで生じる。

〈私〉をめぐる問題系から本作を読むと、最終章「夏旅」はこの問題系の応答として機能している。「夏旅」の直前の章「フリウリ」で、マユは生後四ヶ月の子供の世話に奮闘するなかで「余裕のある母親になりたい」と思った際に、「生まれてこの方自立を拒み続けていた自分が、とうとう何かを出来る人間になりたいと思うようになった。何も出来ない女でいたい、いつも誰かに何でもしてもらえる人間でありたいそう望み続けていたのに、もうそういう女であり続けることが出来なくなってしまった」ことに気がつく。そして、子供が一歳半になった「夏旅」では、「私は確固とした自分を保ち、その上で母を演じているだけなのだ」と「自分に言い聞かせ」ることで、「発狂を免れ」ている。この結果、マユは同じく子供を育てる専業主婦の「お母さん」が「この子、すごく甘えんぼうで、私がいないと駄目なんですよ」と語るのに対して「甘えんぼうなのはあんたの方だろう」と、子供に依存する「お母さん」を心の中で「軽蔑」する。また、マユは、これまで依存の対象であった夫と別居することで「出会った頃を彷彿とさせるほど温まり、愛情豊かで満たされている感覚」を覚え、「私のこの憤り、孤独感、助けを求めたい気持ちは、夫に向けるべきではないのだ」と考えるまでに至る。このように「夏旅」の序盤では、マユが依存を止め、自立していると「自分に言い聞かせ」ることで現在を生きる様子を類型的な〈成熟〉として描いているのである。

しかし、「夏旅」では〈成熟〉の他に〈私〉の問題系に対する応答を描いている。マユは「テレビで虐待のニュースを聞くと、子供にそんな事をするなんてと憤慨し、理解出来ないと訝りながら、えも言われぬ安堵を感じる事があった。ああ同じように子供に苛立ち、やり場のない孤独と狂気を抱えた母親たちがこの世にいるのだと思うだけで、激しく癒された」と、虐待した母親に思いを馳せ、「安堵」と共感共苦を示す。また、マユは自身が「軽蔑」した「専業主婦」の育児に明け暮れ、疲れ切った姿について「静かな狂気を強い共感と共に思い出す」とも語る。これまでネガティブな情動は、他者との隔たりになることで〈私〉を形成する機能を果たしていたが、実は他者も生成しているのだと考えることによって、自他の連帯を可能にする共感の手段に変化する。マユは、ネガティブな情動を生成する〈私〉が、他者のなかにもいることを発見するのである。

この他に「夏旅」では、マユが二項対立的認識を合一させてゆく過程が描かれる。「夏旅」の現在時より二年前、妊娠中のマユは夫と共に江島神社を訪れ、安産祈願の「ピンク色のお守り」を買っていた。二年ぶりに江島神社に訪れてみると、マユは「何のお守りを買ったら良いか分から」なかった。なぜなら、マユは別居することで夫との関係性も良くなり、友人や健康にも恵まれ、疲労やストレスも「お金で解決出来る」、つまり「満たされない思いを抱え」ていたのに「私には特に祈る事も願う事もないのだ」と気がついたからである。その瞬間、「絶望と共に強烈な安堵」がマユを襲う。満たされないはずの絶望的な現状は、実は新たに希望すべきことのない安堵できる現状でもあった。マユにとっての絶望と希望は経路が違うだけで同じ現状にあったのである。そう気がついた後、マユはビーチで「二十歳の男」から「ピンク色の錠剤」（MDMA）が入った「小さなビニール」を譲り受け、「ピースマークの入ったお守り」と呼んでバッグに入れる。マユは、MDMAの使用感について過去の記憶から「私は今、この世に生きる全ての人とシンクロしている、私は今何ものかと繋がっているのだという、胎児のような安心感と全能感に恍惚としていた」と語っていた。子供を産み、〈母〉になれるよう祈りを込めた「ピンク色のお守り」と、安心感と全能感、そして何ものかと繋がりを感じる〈胎児〉になれる「ピースマークの入ったお守り」とを重ねて、いわば〈母／胎児〉が繋がったものとして語る。このような、〈絶望／希望〉や〈母／胎児〉といった、二項対立的認識が渾然一体となって「安堵」や「恍惚」を見出す過程が「夏旅」では描かれている。

『TRIP TRAP』は、マユが他者への依存と拒絶から形成した〈私〉によって思い悩む。しかし、マユはネガティブな情動に基づく共感によって他者との連帯・認識の合一を果たし、〈私〉を相対化させてゆく。〈自／他〉のように、相対する二項と思われたものが一つの異なる側面であったことに気がついて、マユは「安堵」や「恍惚」を覚えるのである。他者にも〈私〉はいて、マユは〈私〉以外にもなれる。〈私〉は身体の外部にも存在するのである。本論で指摘したモチーフは本作以後でも確認できる。それぞれ一例を挙げれば、他者との連帯は『fishy』、絶望と希望などの認識の合一、そしてその先にある安堵は『マザーズ』でも確認できるモチーフである。各作品の比較から金原ひとみのテクストで頻出するモチーフそのものについて考察することも可能だろう。

（明治大学兼任講師）

『マザーズ』——喪失を生き延びる手だて——永井里佳

生殖とは女性にとって苦役なのか？

十人の子の出産を果たしたら自分が殺したい人を一人殺せるという村田沙耶香の『殺人出産』（講談社、14・7）や、国家に選ばれた者が出産するという近未来のシステムを描く窪美澄『アカガミ』（河出書房新社、16・4）、田中兆子『徴産制』（新潮社、18・3）などの、制度が懲罰的意味合いを帯びた生殖を女性に（時には男性に）強いるという共通点を持つ作品を読むと、このような疑問が浮かんでくる。『マザーズ』（新潮社、11・7）の刊行はこれらよりも少し前であるが、金原は自身の出産・育児の身体感覚を溶け込ませながら現代において母親であることのリアルを描き出している。

作品は、作家のユカ、専業主婦の涼子、モデルの五月のモノローグを順に展開させながら一年あまりの物語を編んでいく。おそらく東京に住んでいて、高額の費用がかかる保育園「ドリーズルーム」に子どもを預けている三人が時に混然としてみえるのは欠点ともいえるが、と同時に、母親たちが抱える問題の共通性や共時性を浮かび上がらせている。作品のプロローグともいえる短い語りで、彼女たちはともに〈閉塞〉を訴える。

ドラッグを乱用しながら「私はいつも絶望してる」とクラブの片隅で妄想に囚われるユカ、唯一の息抜きとして夜のコンビニに行った帰り道で、ひったくりに襲われるという非日常を夢想する涼子、婚姻外恋愛にのめり込みながらもそれを自分の意志からではないように感じる五月——ここではないどこかを渇望しつつも、ひと時の逃避の後は子どもの世話が待つ日常に自ら戻っていくことを、彼女たちは知っている。夫たちは申し合わせたかのように妻子と距離を置いていて、別居、育児不参加、家庭内別居、の状態にあるが、三人は自分が〈母になった〉ようには夫に〈父になる〉衝撃を負わせようとしない。今日の社会には妊娠・出産を選んでいるのは女性自身だという前提があり、それは（表層において）事実なのだが、まるでその代償のように母たちは全ての結果を引き受けている。例えば涼子は子どもが欲しいという夫の提案に賛成したのだし、五月にはかつて中絶の経験があったが弥生を妊娠した際には「出来婚」を選んだ。自身の選択への不満を他者に訴えることは難しい。その困難と、マンション暮らしでの密室育児は彼女たちから逃げ場を奪っていく。三人は物質的な環境と、母であらねばならない身体とに二重に閉じ込められているようにみえる。そして「今輪（りん）が死んだとしても、輪を捨てたとしても、私はもうあの世界（＝出産前の世界・筆者注）を取り戻す事は出来ない。一度でも神の存在を受け入れてしまった人間は（中略）神の存在を知らなかった頃の自分には二度と戻れないのだ」というユカの思いがよく表しているのは、母親はどのように逃げたとしても本質的に逃げることはできないという認識である。

ユカの贅沢な暮らしは、自らにとって「魔界」の領域に属する小説を書くこと・摂食障害・ドラッグの乱用の上に成り立っている。彼女のテーマは「コントロール」であるが、娘の輪の誕生は予測不能な変数となった。ほどなくして夫が家を出て行き、彼女は「魔界」を強く求めるようになってドラッグの量が増え、日焼けサロンに通いつめ、ファッションを全て変える「ギャル化」が止められなくなる。ついには娘の誕生日パーティ当日に失踪するという「崩壊」が起こる。身体の変容によって事態を変えようとする試みはクライマックスで破綻する。しかし、その後のユカは輪を連れて再婚・妊娠して〈母になる〉ことを再度選び、元夫とも性関係を持つ。推敲をくり返しても迷いを捨てきれない原稿を書き続けるように、「コントロール」への耽溺を捨てて「色々なものを繋ぎ止め」ながら生きる覚悟をするのである。

涼子はいわゆるワンオペ育児に疲弊して、独身時代の貯金を切り崩して保育料にあてながらゼロ歳児の息子を保育園に預けている。育児とは数時間おきの授乳や身体的ケアだけではない。生活の中にはマグマグ（乳幼児向けの飲み口のついたコップ）のパーツ二十個を毎日洗ったり、子どもの通院で週に何度も一時間以上の待ち時間に耐えたり、ベッドでの嘔吐を始末するという行為が挟み込まれていて、心身に負荷をかけていく。これらの行為は現代の社会環境に因るものであって実のところ母性とは何の関係もなく、五月やユカのように経済力があればシッターやヘルパーに外注できるが、涼子にその選択肢はない。「騙された」と言う彼女は「社会に刷り込まれた母性」という概念に思い至るものの、自分は「お金も仕事もな」く「空っぽ」だと感じるために抗う術もなく追い詰められて、子どもを虐待するようになる。

涼子にとって虐待とは「私を抑圧し苦しめ」る存在への復讐であって、「恍惚と快感」を伴うがゆえに止めたくとも止められない。しかし虐待が発覚して子どもが施設に引き取られてから、涼子は少しずつ落ち着いていき、夫と福祉に寄りかかりながら子どもと「一体化」したいと強く願うようになる。虐待を再発させる恐怖から逃れるために恐怖の源と一体化するのは危険な賭けであるが、彼女は自身を賭けようとする。

五月はモデルとして海外に進出していたが、挫折して日本に戻ったのちに「プライド」を取り戻すために出産した。しかし夫が自分に距離を置いているように感じて旧知の待澤と関係を結び、夫・恋人・自分・子どもの四者で家庭のバランスを取っているような感覚を抱く。そのような中で待澤の子を妊娠したことに気づいて、悩んだ末に出産を決意するものの、直後に流産し、さらに不幸な事故により子どもをも失う。五月のパートが表しているのは現代社会における〈子ども〉の象徴的意味であろう。すなわち、それまでの人生の喪失と引き換えに得られる、自己の存在を保証してくれる〈カード〉であるということだ。金原の、「子どもを産んだときに、出産前に自分が持っていたあらゆるものを失ったと感じた」（いしいしんじとの対談「小説を産む」「新潮」11・10）という発言も参考になるだろう。事故の後で、五月は恋人との関係を清算して、子どもの一周忌には再び「母になりたい」、「美しい物ものに」「私は何でも差し出すだろう」と「半ば、自分を諦めるように祈」るようになる。彼女は損なわれてしまった人生を嘆くのではなく、むしろその身を投げ出すことによって新生を図ろうとする。子どもの死は、人生において〈カード〉を使うという発想そのものへの罰に似ていて、喪失と再生へのイニシエーションのアレゴリーとなっているのである。

金原は出産後に、育児書等には書かれていなかった育児の辛さに直面して「こんなこと、書いてなかったじゃん！」（窪美澄との対談「可視化された〝母〟の孤独」「小説トリッパー」11・12）と思ったという。『マザーズ』の三人は親世代とも断絶していて実際的な手助けや感情的支援を得られないまま、それまでの賃金労働者／消費者としてだけの存在から母的存在への転換を、出産と同時に一人で行わなければならない。社会状況の変化も大きく、現代では、女性の人生における出産前後の断絶がかつてない程大きくなっているのではないだろうか。母となる前の人生を失って、閉塞状態に陥った末に残された唯一のリソースである身体を、〈母であること〉に意識的に埋没させようとする姿が印象的だ。それが有効な解決策かどうかはわからない。だが彼女たちには他の選択肢がないのである――

（大東文化大学他非常勤講師）

『マザーズ』——「母親」を／は後悔する——スペッキオ・アンナ

金原ひとみの小説は、日本社会のあらゆる制度から離れながら、過激な体験をする女性主人公たちの描写と彼女たちの様々な依存症などといったテーマに触れていることで注目されている。Emerald Kingが述べるように、金原の作品には女性主人公の母親のアブセンスもよく語られている（「Absent Mothers, Constructed Families and Rabbit Babies」、Intersections、40号、17・1）。二〇一一年に新潮社から刊行された『マザーズ』には三人の若い母親が交互で語り手となっている点とそのタイトルからすると、〈母親のアブセンス〉が漂わない小説であるどころか、今回は母親こそ主人公だと思ってしまわせる小説である。ところが、『マザーズ』に登場するのは日本社会が認める「母性」の象徴（子を自然的に愛し、子のために尽くす母のイメージ）に従わない母親たちである。二歳の娘を持つ小説家のユカ、九カ月の息子を持つ涼子、三歳半の娘を持つ五月、それぞれ育児をめぐる経験を語りながら、自分なりの不安や孤独や依存症を明らかにする。家を出た夫と週末婚を続ける作家のユカはクスリ、育児に疲れを感じる専業主婦の涼子は息子への暴力、夫と作った家族に不適切であると感じるモデルの五月は愛人との不倫、つまり他者に漏らせない事情を持つことによって現実から逃避し、他人の判断などから自分を守れる。しかし、そういった現実からの逃避は、〈母親〉からの逃避だとも言えるだろう。

「母性」という言葉は、大正時代の初頭に平塚らいてうによって翻訳語として現れた言葉であり、昭和期に定着したと言われている。やがて日本社会が女性に押し付けてきた「母性」は、女性の生まれつきの本能というふうに作られていったのである。「母性本能」とは母親は子供に対して持つ生まれつきの愛情や守りたい気持ちなど感情があるというイデオロギーを表し、そのため母親のみが子供と家族に最善のケアができる保証とされてきた。大雑把に言うと、「母性本能」という概念は第二次世界大戦終了まで日本政府が女性を育児や子育ての担い手として定義するために道具的に使われ、ほとんど女性の唯一の属性として神話化するほどであった。現在に至っても、日本国が推進する母性の理想に従わない女性は、その役割を完全に果たせない母親として、悪い母親とみなされるといっても過言ではない。しかし、七〇年代以降に高まる第二波フェミニズム（ウーマン・リブ）の出現と新しい女性文学の隆盛により、女性作家たちは母性自体をはじめ、母子関係や母性のアンビバレンスなどを取り上げながら「母性」を新しい視点から検証するようになった。その道なき道を歩いてきた女性作家のおかげで、斎藤環や信田さよ子や上野千鶴子などの社会学者、角田光代、川上未映子などの現代作家にも母性への興味が広まった。したがって、「母性」をテーマにした作品も多く、近現代文学においては女性作家による〈母性文学〉というサブジャンルが存在するといっても過言ではないだろう。特に母子関係への興味は日本語文学者の青山友子によると二〇〇八年から高まったらしい（Tomoko Aoyama「Narratives of Mother - Daughter Reconciliation : New Possibilities in Ageing Japan」、『Mothers at the Margin』Cambridge Scholar Publishing、246頁）。

金原ひとみ『マザーズ』はちょうどその数年後、金原が二回目に妊娠中だった時に刊行された。金原自身の妊娠経験も小説の構成に影響を及ぼしたかもしれない。三人の主人公はリアリティをもって描写されているのにも関わらず、必ずしも理想的な母親だと言えない。あるいは、リアリティをもって描写されているからこそ理想的な母親像から外れた形で生きる女性たちだと言える。斎藤美奈子がその三人のことを「世間的に母親失格」（高橋源一郎、斎藤美奈子『この30年の小説、ぜんぶ』河出新書、21・12、24頁）のようにみえると言うが、それはなぜだろうか。

ユカ、涼子、五月に共通するのは、母親であることへの喜びと幸せ（のみ）ではなく、逆に、母親になってしまったことへの孤独と苦労だと思われる。涼子と十年ぶりに再会したユカは、涼子が疲れ切っているのを感じて、自分の出産後の経験を思い出し、「出産から約半年、誰にも頼れない状態で育児をしていた。今の私には、シッターの山岡さん、家事代行の永妻さん、少ないけれどママ友もいる。育児の大敵は孤独だ。孤独な育児ほど人を追い詰めるものはない」（77頁）という。出産・育児の避けがたい困難はやはり、日本社会が母親だけに求めるケア役割によるものに他ならない。ユカ、涼子、五月はそれぞれ他者に言えない、口に出せない孤独感を抱き、母親の苦戦を見せてくれるのだ。三人は相互扶助によって生き延びるのだが、理想的な母親になるため、もしくは育児を果たすためには「必ず誰かの助けが必要」（214頁）だと悟る。口に出せない事情の中では、日本社会が構築した〈母性神話〉の母親像とは異なる存在であることに対しての不安や悩みなどがある。オルナ・ドーナト『母親になって後悔してる』（鹿田昌美訳）というエッセイが二〇二二年に日本で刊行された時に、非常に話題となった。二〇〇八年から二〇一三年にかけて行った調査の結果が集まるオルナ・ドーナトの本では、母親を後悔することを中心に、他の言ってはいけないことから誰にも言えないことが語られている。その本の出版後、ＮＨＫも「〝母親にならなければよかった〟と思ったことがありますか？　女性たちの葛藤6000人アンケート」（2022年12月13日）の結果を発表した。その結果から三人に一人は母親になって後悔していることが理解できるし、その半分以上は後悔の気持ちを誰にも打ち明けられないと回答している。さて、暗黙のタブーとなっている母親の後悔は『マザーズ』にも表れるのか。

既に述べたように、『マザーズ』では母親を後悔する女性たちよりも、母親の苦戦を語る女性たちが主人公となっている。さらに母親になった喜びと後悔は同時存在している。オルナ・ドーナトが述べるように、「後悔には母であることについてのアンビバレント的な感情が含まれる可能性があるが、母であることのアンビバレンスは必ずしも後悔を意味するわけではない」（19頁）。ユカ、涼子、五月の声に耳を傾けると、母親になってしまったことを後悔するよりも、母親になってしまってからの状態について文句を言っている。自分たちの人生は思い通りにならなかったから、そのリアリティから逃避しようとしている。〈母性神話〉の基層を崩すことなく母性の苦戦を示すに留まる本作品は、母親になったことへの喜びと後悔はマザーズの中に同居しているように描かれている。与那覇恵子が書くように幸せな「家族を作り上げるにはマザーズの背後にファザーズが必要なの」（与那覇恵子「金原ひとみ『マザーズ』」、『文芸的書評集』めるくまーる、16・4、259頁）。しかし、金原ひとみが描くマザーズは一人で、孤独に決断や感情に向き合わざるを得ないこともある。五月は愛人の待澤の子を妊娠すると、産むか産まないかを一人で煩悶する。だが、結局、流産してしまう。しかし、より悲痛な五月の体験といえば、娘の弥生が車にぶつかって死んでしまった時である。事故から一年経っても、三歳の娘を失った五月の傷は癒えない。未だにその現実を受け入れられず、子も産めない。頭に浮かんでくるのは「私はもう母ではない」（441頁）という一つの疑念のみである。でも、母を定めるのは子供の存在だけなのか。それとも子供に死なれても一回母親になった女性は一生母親の気持ちと共存していくのだろうか。最終的に、五月が後悔するのは母親自体ではなく、母親として起こしたミスなのである。母親として、娘から数秒だけ目を離したばかりに、娘に死なれてしまった。

　ユカも涼子もそうなのであるが、三人とも過去の自分の行動を後悔している。結局、金原ひとみが『マザーズ』を通して示すのは、母親は社会が求める完璧で神話的な存在ではなく、後悔する人間ということだろう。

（イタリア・トリノ大学外国語文学及び現代文化学部・日本語日本文学助教）

『マザーズ』――「幻想ではなく、生々しい生き物」として――陳　晨

二〇〇九年より、金原ひとみは新たなテーマで書き始める。これまでの社会とうまく調和できず身体改造や自傷などを繰り返すというひりひりとした若者像、あるいは狂気にも似た闇の深さを抱える女性像とは違って、オムツ換えや授乳に没頭する母親たちが登場する。育児をテーマに書き下ろした「フリウリ」(『集英社web文芸〈レンザブロー〉』二〇〇九年)、「夏旅」(『野生時代』二〇〇九年九月号)、「仮装」(『ヨムヨム』二〇〇九年一二月号)、「婚前」(『ヨムヨム』二〇一〇年十月号)を経て、原稿用紙八五〇枚を超え、文壇デビュー以来 初の長編小説『マザーズ』(新潮社、11・7)が刊行される。〈母〉を書くことについて、作家本人は次のように語る。

母というものって、これまで割りと冷静に書かれていないなと感じているんです。母とはこういうものだ、とセンチメンタルな、ヒステリックな思いを抱いている人が多いので、できるだけ客観的、理性的に書いて行きたいとおもっています。幻想ではなく、生々しい生き物としての母を書いていきたいです。

「幻想ではなく、生々しい生き物」としての母を書きたいというのは、規範として規定してきたある種の「母性神話」と拮抗しながら、その虚構性を露わにするということであろう。そうであるとすれば、『マザーズ』は既存のジェンダー規制に女性が強いられた〈母性〉を問いただすテキストとして読める物語であると思う。ひとまずそのストーリーを紹介しよう。物語には同じ保育園に子供を預ける三人の若い母親たち――作家のユカ、モデル

の五月、専業主婦の涼子――が登場する。彼女たちは、思う通りに結婚して出産し、幸せそうな日々を送っている。しかし、安らぎや幸福感を得られたどころか、絶望、孤独、不安に悩まされており、ひたすら不機嫌なままの姿を表し、常識外れの行動を繰り返している。クスリの常習者で、別居結婚を続けるユカは、娘の誕生日パーティーをすっぽかし、子を保育所に残したまま外泊してしまう。夫との不和に悩む五月は不倫相手の子を孕むがまもなく流産し、ようやく夫との関係に希望が見えてきたところに事故で子供を失う。仕事への復帰を望む主婦の涼子は夫から育児の協力を得られず、ストレスが高じた結果、子供の虐待に走ってしまう。このように、『マザーズ』において、三人の母親が登場して三つの視点が書き分けられていて、そして身体のままならなさはヒロインたちの不機嫌な感情に焦点化されて描かれている。そのいずれも金原ひとみの作品に見られる特徴を実によく継承している設定だ。しかし、従来の作品群と違って、本作では、〈母〉を経由して描かれた身体経験は性差に対する眼差しと関心として読み替えられるのだ。その語りの視点も〈ブレ〉ながら三人三様である。こうした〈ブレ〉を最初から前提として保留したまま展開された多層的な母語りは、『マザーズ』では、水平方向ではなく垂直方向に次第に深化させられていくように思われる。

　一体何がいけないというのだろう。私は普通に好きな男と結婚をして、妊娠をして、一児をもうけただけだ。何が間違って、私はこうして毎日毎日満たされない思いを抱えたまま、満たされない気持ちで育児と家事を続けているのだろう。（涼子）

既存の母性という規律との間に亀裂を抱えたまま立ち往生しなくてはならないという引き裂かれた経験が涼子の生きづらさを俯瞰した形で語られている。涼子は好きな男性と結婚して愛の結晶も授かり、幸せそうな家庭を手に入れた。しかしそれで幸せになれたはずであるのに、結果は逆だった。「凶暴な動物が体の中で暴れているようだ。必死に取り押さえようとするが途中で力尽きる。ぎゃーっ。声を上げ叫ぶ」（18頁）というように、彼女は凶暴な動物に変身し、その恐怖と不安が暴力的かつ原始的な形で子供に向かってしまう。涼子は自身と対象を一体化したい欲望が強いため、そのギャップも最も劇的に立ち上がってくる。涼子のそのような絶望的な状況に閉じ込められている語りに対して、五月は対象化された存在としての〈母〉からなるべく離れて見るようにしている。

女にあって男にないものは、自分自身の体内にありながら自分自身を大きく左右し、人生をも変えてしまう抗う事の出来ない絶対的な存在だ。女は成長過程で思いのままにならない身体や現実を受け入れ、その条件下で生きていくすべを身につけていくのに比べて、男は絶対的なものが自分の体内ではなく外にあると思い込むから、幻想を追い続けながら生きていく事ができるんじゃないだろうか。（五月）

涼子と同様に、五月も既存の母性という規律に違和感を覚えているが、その感覚のズレを閉じ込めずに、身体化された男女の性差という思考にまで普遍化しようとしたのである。涼子の訴えがストレートな〈告発〉として読み替えられるのであれば、五月の宿命的な思いは、女性的なるものを探求する思考に繋げられる。しかし、流産を経験して、体内から小さな命が堕とされた瞬間に、五月は「お腹が空洞になったようだった。（中略）頭で理性的に考えられても、考えている事とは裏腹に体中に動揺が広がっていく」と無念な心情を吐露する。このように、五月の性差についての考えは結局ある種の喪失感にとどまってしまう。ここまでの読解で、この作品は〈母であること〉に対する規範的な規律と個々の女性たちが生きる複雑でままならぬ現実との間に生じてきた亀裂を暴き出すものであるということがよくわかる。しかしその一方で、ストーリーの展開からして、それは単純に性差別を暴露する小説として読めないところにも次第に気が付く。『マザーズ』では、涼子の絶望感も五月の喪失感も小説家のユカによって書かれており、語り直されているのだ。

言葉にしないと、人は現実を夢のように処理してしまうのかもしれない。……その時抱いていた思いの全てを言葉にして、それで初めて現実らしきものとして捉えられるのかもしれない。でも同時に、大変だったと口にした瞬間この体中に広がった悲しみは、作られた悲しみだという気もする。（ユカ）

身体経験というのは、語ることによって構築された言説と切り離して考えることはもはや不可能であろう。語り直しを行うユカの姿勢に明らかなのは、あくまでも自己認識の一貫性を保全しようとする意志ではなく、また単に出口や希望を明らかにするためだというわけではない。迷いを持ったまま、それを望ましき混沌として〈書く〉ことによって、そこで起こる差異の偶発性や脱寓話性をさらけだそうとしているということであろう。

小説のエンディングでは、五月は交通事故で子供を失い、不倫相手と別れて夫とやり直す。涼子は虐待に歯止めをかけるために子供を児童相談保護センターに預けて、自身は心理カウンターに通いはじめる。ユカは別居中の夫との離婚が成立し、一人で子を育てる。彼女たちは〈母〉というカテゴリーを拒みつつもそれを引き継ぎながら生き延びている。『マザーズ』は〈母とは何か〉という問いとまともにぶつかりあいながら、母という主体の境界やそれにまつわる既存の言説の枠組みを自ら破って、本質主義的な幻想に帰ることなく、新しい接続的な連帯へと乗り出していく物語として幕が下りる。そして、従来〈ズレ〉として描かれてきた身体のままならなさという金原ひとみの作品のモチーフは本作において、具体的に母親たちの不機嫌な有様を通して表現される。そのような拮抗状態は視点人物の一人である小説家のユカによって〈書く〉ことを通して語り直される。生きられる経験を語り直す際に、身体のリアリティに据え置かれる〈本質〉への欲望は多様かつ偶発的で、間違いやズレが認められるようなものであるはずだ。そのことはファンタジックなものとしてではなく、身体を望ましき混沌として書くことによって実現できるということを、『マザーズ』を通じて確認できたといえよう。（上海師範大学外国学院専任講師）

『マリアージュ・マリアージュ』——マリアージュの(不)可能性——安藤陽平

「ケイタが私と暮らしたら、ケイタと私は、私たち、になってしまうような気がした」(「試着室」)。マリアージュを他者とひとつになることとしてとらえる、1+1=1のマリアージュ観がここにある。「ケイタを他人として愛していたい」ナツは、他者との結びつきに潜む暴力性を感知している。

他方、本短篇集では、セックスの最中に「彼が感じているのは私ではない」(「ポラロイド」)と察知するカナ、同居しながらも「私と夫は今、一緒に居るのだろうか」(「献身」)と問う峰山が描かれる。性器結合や同居といった物理的接近は必ずしも〈ひとつになること〉を意味しないとする点で、先のマリアージュ観と衝突している。『マリアージュ・マリアージュ』はむしろ、「私たち」になれないことを描く短篇集であるのだ。

巻頭の「試着室」では、ナツとケイタの年齢差がしきりに確認されるが、しかしふたりの破局はナツの婚姻歴が露見したことを原因とする。子を喪い、夫にも去られたナツは、「それまでの自分を諦めた」と振り返る。過去の「数多くの私」との結びつきを断ち切り、「常に私を更新し、日めくりカレンダーのように私という表層を剥がし続け」るような流動性を生きる。だがそれは、ケイタから見れば「冷めて」いる。「習慣的にやってれば確実に十年はもつ」と聞いて靴磨きに励むケイタは、過去との連続性の側に位置しているのだ。ふたりは「元々うまくいかないという前提」だったというナツの総括は、この意味において理解されねばならない。

収録作は、過去というモチーフによってゆるやかに貫かれながら、それぞれの観点でマリアージュの不可能性を描出する。歳をとって「女の子みたいなふにゃふにゃな体」になったと嘆く「青山」の岡野は、一方で「何かもっと大人になりたい」と口にしてもいる。二八歳のアルバイター岡野は、「本当なら、優奈よりもずっと多く稼」いで優奈に専業主婦になってほしいのだ。「男というのは少なくとも付き合っている女性、妻、子どもには尊敬される方がいい」と考える岡野が言う「大人」はジェンダー化されている。

岡野は過去に「見た目はフェミニンなのに、中身は古い男」と交際相手の女性から評されて「結構傷ついた」経験をもっている。「マッチョな考え方」を自覚してもいるし、他の男性の発言に「男が都合の良い考え方で女性を測っている」と反発も見せる。が、その批判性は女性の前では影を潜めてしまう。性的興味の湧かない女性と仲良くするのは「気が乗らない」。女性は性欲の対象でしかないのだ。とすれば、「古風な女の人が好き」なのにキャリアウーマンの優奈に惹かれるのも支配欲ゆえだろう。優奈との関係性において、彼女が既婚者であることは問題でない。世界中を飛び回る写真家という、支配とは縁遠い相手を前にするなら、「亭主関白」を脱して「仕事辞めて私のヒモになれば?」という提案に向き合えなくてはならないのだ。

「ポラロイド」のカナは、キョウを「子供」と形容する。キョウが持っていた「幼女が裸で、足を広げている写真」は彼の猟奇性ではなく、この未成熟と結びついている。「彼が感じているのは私ではない」――カナとセックスしている最中のキョウは、意識の上では、幼女=妹とセックスしている。一方のカナも、過去に兄妹で「性的な遊び」をしたことがある。「私の声を聞きながら、兄がオナニーしてい」ると知りつつ彼氏とセックスしていたカナもまた、想像上で兄とセックスしていたのである。キョウとの関係を「兄妹の遊び」になぞらえたうえで、「きっと長く続かないだろう」とカナは判断する。過去を断ち切って生きる「試着室」のナツとは対照的に、過去に縛られて生きざるを得ない人間のありよう、それがゆえの関係解消が見据えられている。

家事育児をこなす「母性的な男」（「仮装」）になることは「生き方の問題」としてできないという永田だが、しかしそのプライドに反して彼が「母親的な」作業をこなしはじめると物語は調和を見せる。「自分一人でも育児がこなせるかもしれない」と元気づく永田を待っていたのは、出て行った妻の夏子が娘の都子を引き取っていくという結末だった。今後どれだけ家事育児をこなそうと、すべてを妻に押し付けてきた過去、それによって踏みにじられた夏子の尊厳は取り戻せない。

物語構造から考えれば、夏子の唐突な行動は、「自分一人」の育児に可能性を見出す永田への否定として読める。「自分一人」の育児という認識は、それを可能にしたのがコウちゃんの母による助言であることを忘却している。その助言が、ケアする親のケアを含む集団的営為としての育児を示唆しているにもかかわらず、「自分一人」でやっていると永田はのたまう。依存を隠蔽する男性性への批判として、物語は夏子の行動を配置する。

泰斗に「作り物じみたクリーンさ」（「婚前」）を見ていた麗子は、ゆえあって彼の実家を訪れ、「暴君」のようだったという少年時代の泰斗について聞かされる。「今自分の把握している泰斗が何パーセントかは分からなくとも少なくとも何パーセントかは偽物なのかもしれない」。知られざる過去との連続性において現在の泰斗が把握され直し、「自分が自分の目で見てきた泰斗」をにわかに信じられなくなる。ふたりは結婚する予定だが、それは「自分が自分の目で見てきた」「顔」が「偽物」かもしれない不安、結婚後に泰斗が「豹変」するかもしれない恐怖と常に隣り合わせなのである。

「献身」はその恐怖が実現した物語として読むことができる。結婚後の峰山の夫は、次第に「私の愛情や体を拒否」するようになっていった。それは子供の誕生によって決定的なものとなる。物語は、峰山が夫との関係を悲観しながらも「口を噤んだまま子供を抱き上げ、リビングに入って」いく場面で閉じられる。「子は鎹」という諺が、相手の変容、関係破綻にかかわらずそこに縛り続ける「鎹」としての子供という意味に変奏される。

こうして、ほとんどの関係が破綻を見せていくなか、先に見た「婚前」は「全てがうまくいくような気がした」と閉じられる点で異色である。それは、「この二日間変な世界に迷い込んでいたような気がする。帰ったら全てが元通りになっているような気がした」という薄弱な根拠に支えられている。そのもろさを指摘するのはたやすい。だが、ほとんど信仰と言っていいその在り方においてはじめてマリアージュの可能性が萌してくるということでもあるはずだ。

この文章では、短篇集のタイトルに導かれて、各作品に描かれる人と人のマリアージュに注目した。しかし、語の意味や用法から言っても、それは人間同士に限定されるものではない。巻頭を飾る「試着室」では早くもそのことが描かれていた。ナツとケイタの関係に焦点化しているように見えるが、その冒頭でまず語られるのはナツと服飾品のマリアージュである。ナツにとって服飾品を買い漁ることは「エネルギー補充」、「生きる気力」であるのだ。結末部、試着室の鏡を見るナツは、そこにケイタ、前夫、そして亡き子が現れて「家族写真」のように並んでいるのを見る。だがそれらの姿はすぐに消え去り、入れ替わるように「私の足にぴったりの赤いパンプスがやってくる」と語られる。イロニーにも読めるラストだが、しかし服飾品のおかげで「絶望の淵から救われたようにさえ思う」経験、「生きる気力」が湧いてくる事実は動かせない。たとえそれが「束の間の恍惚」であったとしても、流動的な生を選び取ったナツには問題とならない。「男と女を変え得る愛と結婚の、後先を巡る六つの短篇」（新潮文庫カバー裏）という先入観を排して読めば、そこにモノとのマリアージュの可能性が見えてくる。

（旭川工業高等専門学校助教）

『マリアージュ・マリアージュ』――相手を「他人」のままで愛するために――

濱下知里

短編集『マリアージュ・マリアージュ』（新潮社、12・11）が刊行されたのは二〇一二年、『マザーズ』の翌年に当たる。収録されるのは「試着室」「青山」「ポラロイド」「仮装」「婚前」「献身」の六作品。金原ひとみはこれらの作品について、「読み返してみて『マザーズ』につながっていく、一つ前の段階のステップのような作品たちだと思いました」（『毎日新聞』12・12・25）と語る。金原自身が「『恋人が世界の中心』という若いころの恋愛は、子供ができると不可能。恋愛と子供という軸に引き裂かれ、社会という軸にも引き裂かれる。そういう母としてのジレンマが『マザーズ』に近い形で書かれていることに気づきました」（『大阪新聞』13・2・15）と述べるように、「恋愛」、「結婚」、「出産」という大きなテーマについて、『マリアージュ・マリアージュ』と『マザーズ』は共通項を持っている。「あの子が生まれて、私と夫はおかしくなった。二人だけのユートピアに子供が入り込み、私たちは破綻した」（「献身」）。家族を変質させる子供の存在は、こういった本文の言葉に既に埋め込まれている。

この点を踏まえて短編集を見渡したとき、『マザーズ』との差異として浮かびあがるのは、子供が「他人」との一体化の欲望を可視化する装置として機能していることだ。本稿ではこの「他人」という言葉を鍵語に、『マリアージュ・マリアージュ』が提起するものを探っていきたい。六篇を通して描かれる「他人」は、常に一体化が志向されながらも、それが達成不可能な存在である。例えば一篇目に配される「試着室」の主人公は、亡くなった息子・リョウのことを「他人となった私」と呼称する。「へその緒を切った時の記憶が蘇る。私が育み、私が生み出した私を、私は自分の手で独立させた。そうして他人となった私を失い、私は初めてまっさらな状態に戻った」(「試着室」)。子供は「私」であると同時に、常に「私」から切り離された「他人」でもある。この最も近しいはずの「他人」とでさえ、「私」は一体化することができない。一方で、子供が生み出す「血縁」の糸は、より多くの「他人」と自分を繋いでいく。

何となく頭に浮かんだのは、泰斗のおばあさん、両親、いとこ達や、いとこの子供、そして結婚する私と泰斗、という蜘蛛の巣のように広がって行く血縁の輪のようなイメージで(中略)私もその蜘蛛の巣として紡がれていくのかと思うと、不思議だった。私は泰斗と家庭なるものを築けるのだろうか。私は、自分の芯に蠢くかつてなく激しい欲求に気づく。泰斗の子供を産みたい。(「婚前」)

特筆すべきは、この「血縁」が性的なものへとニュートラルに接続していくことだ。「婚前」を例に見てみよう。主人公・麗子は、婚約者・泰斗の祖母の葬儀で、彼のいとこ・圭子とその息子・竜也の関係に艶めかしさを感じ取る。彼女は「何となく、この小さな竜也くんと圭子さんの関係が、ある種男女のそれに近いものを持っているような気がして」、「彼らの濃密なコミュニケーションを直視できず」に目をそらす。男女の関係になぞらえられるのは母子だけではない。姉弟のようと形容される圭子と泰斗に対しても、麗子は「圭子さんが幼い泰斗に性的な悪戯をしていたのではないかと想像」する。性的な匂いは、兄妹/姉弟にもかぎ取られていく。

こういった結びつきは、三篇目に収録された「ポラロイド」に、より明確に表れる。ここでは主人公も、その恋人も、それぞれの兄/妹と幼いころに性的な「遊び」に興じている。「私と兄は二人で性欲を持て余していた。押入れの中で性器を擦り合わせ、幼い二人は快楽の終着点を探した」。ここで繰り返される「二人」という言葉は、彼らが切り離された「他人」としてではなく、行き場のない性欲を抱えたものとして一体化していることを強調する。しかしこの「遊び」がいつの間にか終わりを迎えるように、このような関係も長くは続かない。

金原作品のなかでたびたび扱われてきた「他人」との一体化の欲望は、「様々な理由により達成されることがない」（泉谷瞬『結婚の結節点―現代女性文学と中途的ジェンダー分析―』和泉書院、21・6）。『マリアージュ・マリアージュ』においても、一体化は常に頓挫し続ける。強固と思われた「血縁」による結びつきでさえ、「他人」との一体化を維持する要諦とはなり得ない。このような自明とされる繋がりへの疑いは、同時に「血縁」を生み出す契機としての「結婚」という制度へも向けられている。ここに、この短編集の独自性を指摘したい。

「結婚」による一体化を最も率直に問うのは、最後に配される「献身」という一篇だ。同じ家に暮らしながら夫と顔を合わせない生活を送る「私」は、だからといって夫と離婚する予定も、不倫相手の弘弥と結婚するつもりもない。結婚、出産に至らない弘弥との関係は、「私」によって「非生産的」と評される。しかし「私」同様、不倫をする垣本は「妻との関係の方が非生産的に思える」と語る。作品終盤、自身の不倫を明け透けに語る垣本が、「私」に対し「一緒に暮らす人と、セックスを出来る人と、両方と付き合う事でバランスを取ってるんですかね」と吐露する。ここにははっきりと、「結婚」による一体化だけを価値あるものとすることへの疑義が呈されている。

六つの短編を見渡せば、実に四編が「結婚」をテーマに含んでいることに気づく。題名に含まれる「マリアージュ」はフランス語で「結婚」を意味する言葉だ。この言葉を単行本の題に選んだことについて、金原は「結婚や英語のマリッジにはない軽快さを含んだ言葉。重ねることで複数、複雑といった意味もこめた」（『朝日新聞』12・12・18）と語る。注視したいのは、「マリアージュ」が、収録短編のタイトルには用いられていないことだ。するとと、単行本に冠された「マリアージュ」は「結婚」と等号では結びえない意味合いをも含みこんでいるのではないか。

六篇を通してくり返し描かれるのは「巧妙にイメージコントロールされた俳優やアイドルのよう」(「試着室」)な恋人の姿である。つくりものめいた恋人とは「どんなに話してもセックスをしても私は彼の実体に近づいている気がしなかった」(「婚前」)。それでも、「私」は「彼」と共に在ろうとする。そこにあるのは、自分も相手も互いに秘密を抱えた「他人」同士であるという感覚であり、相手を「他人として愛していたい」(「試着室」)という願望だ。

彼はとても彼らしく、彼らしくないものは一つもない。でも一緒に暮らしたら、部屋には私の物と彼の物が入り交じり、彼の彼らしさが薄まり、どんどん彼が私に近い存在になってしまうような気がした。(「試着室」)

共に生活することで、自分と相手の全てを「フードプロセッサーにかけられたようにぐちゃぐちゃ」の「ミンチ」(「献身」)にしてしまうことが「結婚」のもたらす一体化であるとするならば、この短編集が試みるのは一体化せずに相手と共に在る方法、相手を「他人」のままで愛する方法を模索することではなかろうか。思えば「マリアージュ」という言葉は、別々のものが調和している状態、異なる二項を止揚する試みを示す。題名において、リフレインする「マリアージュ」は、彼らが交じり合わずとも共に在ることのできる可能性を印象付けている。

「家族」の形が問い直される昨今、「結婚」の在り方も問い直されて然るべきであろう。「生産的」か「非生産的」か、「ミンチ」になるかすべて失うかを二項対立的に選ぶのではなく、「マリアージュ」するバランスを探ること。登場人物たちはそれぞれに目の前の相手と向い合ってそのバランスを探り、それぞれに失敗していく。しかし彼らの失敗の中に、既に「他人」との共存への道筋は秘められている。「秘密を共有する時は、向い合うのではなく、並んでいる方が良いのかもしれない」(「献身」)。向い合う以外にも、共に生きる術はある。『マリアージュ・マリアージュ』は、その方途を見出すための最初のステップを提起している。

(立教大学大学院生)

『持たざる者』

――〈家族〉という幻想とSNSの向こう側――神村和美

金原ひとみの『持たざる者』(「すばる」、15・1)は、二〇一一年の東日本大震災から三年後の時空を舞台とした長編小説である。「Shu」「Chi-zu」「eri」「朱里」という四つの章で構成されているが、この章題は主要作中人物たちのSNS上のハンドルネームであり、それぞれの視点から彼らが直面している現実問題が描き出されている。この四人は、都市の中流階級に属し、子の親となる経験を持つが家族関係に歪みを抱えており、仕事を持たず、「世界」の変化と無力感を感じているという複数の共通項を持っている。被災地を含めた震災の全体像に関しては描かれることはなく、津波によって引き起こされた福島第一原発の事故が、家庭崩壊、異国への越境と文化変容体験、自我の喪失などのモチーフのトリガーとして填め込まれているにすぎない。

第1章「Shu」では、多忙な夫とワンオペ育児に疲弊する妻の間に生じた溝が、原発事故に対する危機意識の差異により深まってゆく様相とともに、インターネット情報に踊らされ続ける若い夫婦の姿が描かれる。

「Shu」こと保田修人は、震災前はクリエイターとして経済的に成功し、「世界を粘土のように」創り上げるコントロール感覚を持っていた。震災後は仕事も失い、「不能感と憂鬱しかない」と歎く彼であるが、彼の完璧な「世界」は震災以前からすでに亀裂が入っていたとされる。それは妻の妊娠を端緒としており、妊娠した妻は「何かに怯え」、出産後は「強い恐怖と焦りの中で身動きが取れなくなっているように見え」、それまでの美点が失われていった。仕事の多忙ゆえ育児に参加できないことに申し訳なさを感じてきた修人は、母となった妻の苦しみは共有できないながらも、シッターや家事代行、新たなアシスタントを雇用するなど、自身の経済力で妻の負担を減らそうとするが、そのような折りに東日本を襲った震災と原発事故は、母子避難をめぐる危機意識の相違などを浮き彫りにし、二人の溝を次第に決定的なものにしてゆく。

〈家族〉を危機から守る良き父、良き夫でありたいという幻想に囚われた修人は、「経済を回」し、正しいと思われる情報を妻に与え啓蒙するという役割を徹底しようとするあまり、母子のみの関西への避難を提案し、妻が買ってきた東北産の食材を彼女の目の前で廃棄し、チェルノブイリの動画を送りつけるなどの行動に出る。また、友人夫婦の避難を聞き、意見や価値観を共有できる〈家族〉と、噛み合わない自身のそれとの落差に暗澹とする。放射能を徹底的に排除しようと極端な行動に出る修人と、「感情」「気持ち」の尊重を求め母子避難を頑なに拒んでいた妻との亀裂は深まるが、結局妻は、修人が購入した京都のマンションに五年間住み、養育費を受け取るという条件で離婚に同意する。そして修人は、彼の経済力を背景にした条件を受け入れた妻を愛しく思うのである。修人は、かつての自分は「自分一人で完結した世界を生きて」いたと語るが、自己完結の世界に生きていること自体は変わらず、さらに、「僕は自分の家族さえ無事ならそれでいい。」「逃げられない人の気持ちを考える必要があるかな?」という地点にまで閉じられてゆく修人の思考は、彼のクリエイターとしての活力をも奪うことになる。「世界」を「作り替えて」きた表現者として、震災後の「世界」にどう向き合うかという意識が働きそうなものであるが、彼の眼差しは〈家族〉の存在に縛り付けられている。かつて彼と性関係を結んだ千鶴(Chi-zu)は、修人を「天才肌の敏腕クリエイター」と評価するが、他者の痛みに思いを馳せることは皆無で、インターネットや友人からの情報のみを信じ、自身が守るべきだと思い込んだ妻子との関係性も失った修人は、創造力のみならず想像力も欠如した情報弱者にすぎない。また、「違和感」をおぼえながらも既婚者である千鶴からのSNSメッセージに応え、彼女と濃厚な性関係を持ち、自分が変わったのではなく「世界が変わった」と言い切り、「心中」「逃避行」「不倫関係」などを提案する修人は、「欲望」の喪失を嘆きながらも「世界」という概念で肥大化させた自身の物語に他者を繋ぎ止めようとする「欲望」に塗れている。彼の飛躍と矛盾に満ちた言動は、共感を遠ざける類ののもののように思われるが、千鶴からすると、彼は「欲情」を掻き立てられるほどに魅力的な存在だとされる。

千鶴は海外駐在員の夫を持つ専業主婦である。完璧主義を貫き生きてきたという自負があるが、数少ない過ちに修人との性交渉があった。修人との行為の記憶はフランスでの妊娠生活の「支え」になっていたが、生まれた息子が突然死したことで彼女もまた「世界が変わった」という感覚を経験し、息子の死は修人との関係による罰だと思い込み、修人が震災で死んでいることを強く願うようになる。千鶴にとって震災は、自分の過去の過ちを葬る天恵としての意味を持っていたといえるであろう。夫との子を再び持つことを恐れる千鶴は、現実の修人と再会し、欲情のままに性交するが、彼が「都合の良い土偶」であることに気づかされ、「依拠するもののなくなった世界」で悲しいほどの「自由」を感じ、修人が自分を殺してくれることを希う。人は、「思い込みを糧に、憎しみや、愛情までをもねつ造する生き物である」という人間観を持つ彼女もまた、自己完結の人にほかならない。

一方、修人は、娘と二人でイギリスへ避難したという千鶴の妹、エリナ(eri)に関心を抱き、SNSで繋がろうと試みる。エリナは周囲からは、自由奔放でこだわりのない女性のように思われているが、その内面は虚無に満たされている。震災により「世界が信じられなくなる感じ」を体験したエリナは、元夫の機転により「自動的にイギリスに入国」したのであった。彼女は元夫に依存し、受動的に生きているのであるが、周囲からはそれは見えていない。また、〈家族〉への帰属意識が欠落しており、一人で居られないことを堪え難く感じることもあるエリナであるが、強い〈家族〉愛を持つ男性との出会いに「次の世界」の存在を感じ、元夫の援助で彼と渡米する。〈個〉としての完全な生を蹂躙する〈家族〉から、エリナも結局は解放されることはないのである。

最終章は、エリナの友人の一人であり、イギリス駐在の夫を持つ「朱里」の物語である。朱里は、女性の生き方を格付けする傾向を持ち、専業主婦という自身の立場にも自己嫌悪を感じているが、妻、嫁としての役割を完璧にこなすことで虚無感から解放されようとする。原発事故に対しては、風評被害問題を軽くなぞるだけであり、彼女の関心は常に周囲の女性たちか家庭の中にのみある。帰国後、家が義兄夫婦に占領されている現実に直面し、「世界がどんどん歪んでいっているような錯覚」に陥るが、完璧な家事スキルで義兄夫婦との「生存競争」に勝利し、「強大なコントロール感覚の下」、「私の世界」である「この家」で生きて行く自分を手に入れる。

四人の「世界」観は異なるが、〈家族〉・〈家庭〉という幻想に侵食されているという点、被災地からの送電に支えられた都市文化を貪り、事故後も被災地や生産者の痛みに思いを巡らすこともなく、あるべき〈家族〉という幻想のみを見つめて「世界」という概念を容易に取り込んだ自分語りをおこなう点などが共通している。

本作品は、このような都市部の消費者のあり方を徹底的に前景化することで、彼らの眼に映らない「世界」への想像力を掻き立てるというパラドックスを孕んでいるように思われる。携帯電話を手放さないが、SNSの向こう側には思いを巡らせず、自身の主観で塗りつぶせる空間のみを「世界」と見なす彼らには、何が欠落しているのか—彼らは何を「持たざる」者たちなのか?—という問いが自ずと立ち上がってくる『持たざる者』は、新たな危機の世代に生きる読者に、自省を促す読みを求め続けるであろう。

（城西大学別科准教授）

『軽薄』――「色とりどりの風鈴」の記憶――　松本拓真

金原ひとみ『軽薄』（「新潮」15・7）は、高校二年生の頃に、ストーカー化した彼氏に刺された過去をもつカナという女性を描く。彼氏が捕まった後も、トラウマ的な過去に怯えるカナは、留学先のイギリスで知り合った裕福で社会的なステイタスがある直哉と結婚し、二一歳のときに息子の俊を授かる。日本に帰国し、現在、二九歳となったカナは、ある日、姉の子供である一九歳の弘斗という青年と関係をもってしまうのだが、実は、アメリカで生活していた弘斗には、パートナーの浮気に逆上し、彼女に「暴行」を加えたという過去があった。ストーカーに刺された過去の記憶が呼び起こされながらも、カナは、「二人で築いてきた関係性も積み重ねてきた言葉も行為も全て一瞬で擲った」過去の自分は「軽薄」だったと、ストーカー化した彼氏との関係性を見直すようになる。そして、最終的に弘斗と生きてゆく未来を、カナが選択するところで、物語は終わりを迎える。

従来の批評・研究として、大澤聡は、ストーカーとの過去の関係性が弘斗との現在の関係性に反復される本作の構造を念頭においた上で、最終的に弘斗と生きてゆくカナの末路が「ディストピア」であると指摘する（中条省平、野崎歓、大澤聡「創作合評」「群像」15・8）。貴戸理恵もまた、本作のラストについて「どんなミステリーを読んだときよりも意外性に満ちていた」と、物語の結末に対する違和感を表明している（「生きづらい女性と非モテ男性をつなぐ――小説『軽薄』（金原ひとみ）から」「現代思想」19・2）。確かに、物語では、直哉や姉たちとの関係を切り捨てようとするカナと弘斗の今後については一切描かれていないため、彼女の末路は「ディストピア」的にみえる。しかし、果たして本作は、そのような希望もない袋小路の世界を描いた作品なのだろうか。

この両者の未来が具体的に示されない理由について、中条省平は、「小説の構造そのものが、狂気の経験を遠ざける形になっているし、その不在はヒロインの精神構造とも呼応している」からだと指摘する(「創作合評」前掲)。ここで中条がいう「狂気」とは、「愛に狂」ったストーカーとの壮絶な過去の経験のことを指す。つまり、中条は、過去の記憶に向き合うことができない彼女の精神構造によって、ストーカーと重ねられる弘斗との未来が空白化されているというのである。では、カナがトラウマ的な過去に向き合うことができずにいる背景には、何があるのだろうか。

「ストーカーに刺される前の世界など、もはや歪められた記憶の中にしかない」と語るカナは、過去の事件によって「何か、ぽっかり心に穴が開いてる感じがする」と言う。弘斗との出会いによって、喪失感を意識するようになったカナだが、留意すべきは、その感覚が過去の事件にのみ起因するものではないことだ。カナは、「ゆとり、気楽さ、余裕、いや、何だろう、言葉ではうまく言えないけれど、日本に戻って以来私はあるものを喪失したような気がしている」と述べるように、彼女の喪失感は、日本社会との関係のなかで捉えられている。

カナにとって日本社会とは、「がむしゃらに生きていないと、一瞬でも停滞すると、少しずつ何かを喪失しているような気持ちになる」場としてある。それゆえに、カナは、「仕事、育児、家事、それ以外にも自宅のインテリアコーディネート、新しいショップやプレスルームの開拓、とにかくずっと情報収集をし、動き回り、次は何をするべきか考え続け」るのだが、むしろ、そうするあまり、彼女には落ち着いてものを考える「ゆとり、気楽さ、余裕」が存在しない。カナは、目まぐるしく過ぎ去る時間の速度に必死に順応しようとするのだ。

過去に喪失したものを考える暇もなく、過ぎ去る時間のなかで、カナのなかには、ただ何かを喪失してしまったという感情だけが蓄積していく。自身の存在の重みを感じることができず、「ぽっかり心に穴が開いてる」カナには、その喪失したものの正体を探り当てる余裕さえ与えられない。トラウマ的な過去を自分の人生の歴史のなかに位置付けることを妨げる環境のなかで、「ストーカーの記憶を思い起こさせる弘斗という存在」は、彼女にその喪失した何かを考えさせる存在として登場する。カナは、弘斗との関係を通し、過去のストーカーとの関係に向き合おうとするのだ。そして彼女は、自分が生きてきた時間の速さと決別することで、「自分も含めた世界がスローモーションになって、全てが感知できるほど全てがゆっくりと回っているような感覚」を抱く。「世界の全てがはっきりと輪郭を持ち、ゆっくりとその全貌を見せ、全てが飲み込めるようになめらか」な感覚を得て、その世界のなかで、「私がここに存在している」という確実な実感を手にしていくのである。

物語の結末部には、カナが弘斗の部屋で互いの気持ちを確かめ合う場面がある。「軽薄」の上に築き上げた、あらゆる人との関係を捨てる覚悟をもつカナと、彼女と生きてゆくことを誓う弘斗の、二人の世界に流れる時間は、彼女が感知した「スローモーション」のような、自身の存在の重みを確かめられる速度によって象られている。弘斗の部屋に掛けられている時計は、「秒針が、3の所で止り、五回どくどくとその場で脈打った後、がくんと五秒分一気に進」むという仕掛けになっている。一度停止し、「ゆとり、気楽さ、余裕」を感じさせる時の流れに、二人は身をまかせるのである。

そのような時間のなかで、弘斗はカナに「風鈴」をプレゼントする。すると、カナのなかで「風鈴」に纏わる「人生で唯一の記憶が突如蘇」る。それは、カナが小学生の頃に両親と夏祭りに出かけた際、「色とりどりの風鈴」に、心を奪われたものの、「その時風鈴が欲しいと言い出せ」なかったという記憶であった。

全ての歴史が現代史であるならば、私の過去は今の私が作り上げ、構成し続けているという事だ。私は弘斗とあの暗く不毛な過去を生き直すのではなく、弘斗が二十年かけて満たした、あの夏祭りの日の私の心と生きて行くべきなのではないだろうか。

カナは、弘斗との関係を通して、過去に見捨てたストーカー化した彼との時間を反復的に生き直すのではなく、その事件が起こる遥か昔の、「弘斗が二十年かけて満たした、あの夏祭りの日の私の心」とともに生きてゆくことを選択する。このとき重要なのは、カナの認識のなかでストーカー事件が起こった過去から、さらに小学生のカナへと向けて遡及していく時間差が生じていることである。ストーカーとの出来事によって重い蓋をされた過去の時点から、それ以前の、「色とりどりの風鈴」に心を奪われたという記憶がカナのなかに蘇る。この圧倒的なタイム・ラグは、小学生からストーカー被害に遭うまでの間に、「色とりどりの風鈴」に纏わる出来事のような、カナが見たこと、聴いたこと、感じたことなど、ストーカーとの関係以外の、色鮮やかな豊かな物語があったことを読者に伝達する。だからこそ、カナは、「風鈴」をめぐる記憶を想起した途端、「押しとどめて来た感情がどっとわき出」し、「風鈴を見上げていたあの時の私と、今の私とが点と点で繋がって、その間に存在する全ての過去がぐるっとオセロのようにひっくり返ったのかもしれない」と語るのだ。

『軽薄』は、時を巻き戻して、過去をやり直すような小説ではない。「スローモーション」の速度のなかで、「風鈴」に心を奪われた時点から、色鮮やかな豊かな物語を探り、現在の世界を見つめ直すことで、〈私〉の物語を組み替えていく小説である。「色とりどりの風鈴」をめぐる記憶を起点に、彼女が見つめ直す現在の世界は、物語の最後の一文に、次のようなかたちで象徴的に示される。「世界には、驚くほど鮮やかな色彩があった」、と。

（立教大学大学院生）

『クラウドガール』――『クラウドガール』のフェアな関係―雲を掴むような話――

錦咲やか

〈クラウド〉とは、インターネット等のネットワーク経由でユーザーにサービスを提供する形態を指す。雲のようなインターネットの向こう側のサービスを利用することから、クラウド（cloud=雲）と呼ばれるようになったという。ただし〈クラウド〉の由来には諸説あり、crowd=集約したシステムという意味ともいわれている。現代は、インターネット越しのクラウド上にデータを保存したり、そこでやり取りをするのは当たり前の時代となっている。ユーザーはハードウェアを購入したり、ソフトウェアをインストールしなくとも、インターネットを通じ、好きなサービスを好きなだけ必要な際に利用することができる。好きな時に、好きなだけ。必要な時に必要なだけ、繋がり合う等価の関係。『クラウドガール』は、このようなクラウドをモチーフとして結ぶ〈フェア〉な関係性を試行錯誤し、志向するテクストである。中上健次が一九九一年に朝日新聞で連載した『軽蔑』では、「男と女、五分と五分」という呪文のような言葉が全編を貫いているが、男女の描かれ方は全く違えど、『クラウドガール』の〈フェア〉の背後にはこの言葉が通底音のように鳴り響いているように思われる。

『クラウドガール』は、金原ひとみ初の新聞連載小説として二〇一六年に朝日新聞に掲載され、二〇一七年に朝日新聞出版から刊行された。姉の理有と妹の杏、姉妹のふたりがいわばクラウド上のデータベースにさまよわせる、母や父へのそれぞれの記憶が中心的な問題を占めている。理有はマレーシアへの留学から帰国したばかりの大学生で、離婚した父や亡くなった母の代わりに高校生の杏の面倒をみている。理有は、母と離婚してからフランス在住である父と、時たまスカイプで近況報告をする。これといって容姿に特徴が無く、平凡で真っ当と自認する理有と、華やかな美しい容姿の自由奔放な杏。外見も性格も対照的な姉妹は、だからこそか共依存のようにお互いを求め合っているようだ。姉妹は男性との恋愛についても違うスタイルを持っており、杏は彼氏の晴臣にしょっちゅう浮気されながら離れられずにいる。理有は光也と出会い、警戒心を自然に解いて惹かれていく。

一度見ると画像もチャットも消えてしまう「スナチャ」は、杏が好んで使っている象徴的なＳＮＳだ。杏は時折、溜まったメールや電話の発着信履歴等を全て消し、常に今の瞬間にしか生きておらず、およそ「成長や進化というものを根本的に認めないようなところ」がある。杏は恋愛に溺れるように描かれているが、その実マザコンやシスコンといったシスターフッドに生きている。一方で、理有は杏とは違って父を自らの拠り所とし、美容室店長の広岡に父性を求め、奔放な小説家だった母へ複雑な思いを抱き、母や杏を反面教師として自らの成長を志している。そんな理有は、広岡と不倫をした杏を許すことができず、不倫を契機として急速に姉妹の関係性は崩れていく。仲違いをきっかけに姉妹は対話し、母の死因については決裂するが、最後に杏が理有に、無人のＰＣ画面と対話を重ねる理有の姿を暴露する。杏から見る理有の姿と理有自身の記憶の独白とは常に食い違い、すれ違い、全く異なる事実が浮かび上がっている。そのことは、事実が各々の採用した記憶の集積に過ぎず、お互いの中にしか存在しない断片だということを突き付ける。杏から見た理有も、理有から見た杏も、それぞれがいわばクラウド上に、どこかアカシックレコードのように集積されているかのようなこの世界の事実の中から、自由に好きなデータを引き出して形作ったバーチャルな像なのである。

理有が真っ暗なＰＣ画面に向き合い、父親と最後の会話をした際に得た「俺とユリカはフェアだった」という言葉を、理有はその後母の遺稿を通じて検証する。「もしかしたらママはパパが死んで初めて気づいたのかもしれない。唯一自分がフェアな関係を結んでいた相手がパパだけだったということに」。理有は、母が残していたという原稿の一部を読み、これは母の文章ではない、離婚した一年後に進行性の癌を発症し、死に至った父が残した文章ではないかと感じる。理有は母への反発や模倣、自分だけの父との対話から脱却した結果、「私はもう、自分の中に保存された記憶や情報にアクセスしたり引き出したり更新したりしながら、ママを形作っていくしかない。そしてそのママは、もはや現実に存在したママとは全くの別物だ」と改めて認識する。理有は、自分と杏との母像にかなり差があることからも、各々がどの物語を採用するかによってある人物の構築像も異なっていくものと気づいていく。「私たちは巨大なデータベースと共に生きていて、もはやそこから決定的な嘘も、決定的な真実も捉えることはできない」と。だが、理有は光也とであれば、「私たちは、膨大なデータから何を引き出すか、何を採用するか、一つ一つゆっくりと、二人で吟味することができるのではないだろうか。何が正しく、何が間違っているか話し合い、二人にとっての真実の基準を作り上げていけるのではないだろうか。そしてその価値判断の連なりこそが、血の繋がりや性別、年齢や出自などよりも強固で必然的な繋がりを作る要素になり得るのではないだろうか」と夢想する。そしてこのテクストは、「私と光也は、母と父が結んでいたフェアな関係とは全く違う、フェアな関係を築くことができるだろう。互いの幸福を追求し、互いを幸せにする努力をし、互いを求めあうだけの関係を築くことができるだろう」という理有の語りで結ばれている。母と父とのフェアとは、お互いの「存在に一ミリも動かされない」者同士の関係だが、それとは違い、クラウド上から互いに繋がることが可能なフェアを目指して。理有はそもそも、ごく真面目できちんとした倫理観を重視し、日本社会に適応できる人間だと自負していながら、マレーシア留学からの帰国後に周囲との違和感を覚えていた。留学という設定は、一見理有のパーソナリティにそぐわないように思えるが、周囲から浮いた個性を持つ光也との結びつきを生む物語上のギミックとして機能する。さらに、父性的な広岡と杏との不倫を許せなかった理有がその関係性を受け入れるラストは、やや安易な皮肉を装いながらも理有が連続性のない刹那的な杏の生き方を初めて受容し、自らも不確かながら様々なデータをできるだけ建設的に選び取り、精一杯の他者同士で繋がっていこうとするようなネオ・クラウドガールとして新たに誕生した瞬間ともいえるだろう。ガールズではなく、あくまでもガールとして、彼女たちは常に他者同士の個々の単数形であり、ひとつの集合体としての一般名詞になっている。

理有がずっと父とスカイプをしていたその語りが全て反転し、実は父は既に他界していたということがテクスト上で明らかになった際、父との会話はいわば自作自演であって、理有自身の言葉だったのではないかという仮定の構造が現れる。父と母が〈フェア〉だったという語りは、父や母の言葉ではなく、父や母のデータから理有が採用し、見出した結論の語りである。読者はテクストの語りの前提を覆され、もう一度読者自身が、今まで読んできたテクストの文脈を取捨選択する行為を迫られることとなる。読み手は、『クラウドガール』というクラウド上のテクストから、個々に情報を選び取って自分だけの物語を編んでいることを自覚させられる。そして、テクストと同様に、自分なりの世界を編み上げている姿を理有と杏という分身は示している。つまり彼女たちは、私たちの分身でもある。杏や理有が〈クラウドガール〉として示された時に、私たちも自らの行為をクラウド上の現実に発見する。ネットワークの雲のなかから、私たちは見たいデータだけを好んで取り出し、各々がその手で形作る自分だけの王国は、それぞれ砂上の楼閣のように見える。作っては壊し、壊しては作るテクストはやはり全てが雲を掴むような話になるのかもしれないが、その営みの連続性は、むしろ唯一フェアなテクストへの可能性に満ちている。

（錦咲やか・日本近代文学研究）

『アタラクシア』——ドーナツの穴という存在と不在——山﨑眞紀子

「すばる」（18・10〜19・1）連載、集英社刊（19・5）の本書は、3・11直後の二〇一一年三月から六年間、金原ひとみがパリで生活した経験が色濃く表れている作品である。「アタラクシア」とは、ギリシャ語で〈心の完全に静かで安らかな状態〉を指す。哲学者エピクロスは、人生の理想は快楽を得ることにあるが、それは肉体的、官能的快楽ではなく、結婚もせず、子どもをつくらず、世の中から隠れて生活し、心に完全な平衡が保たれていてこそ最高の快楽が得られると説いた（思想の科学研究会『新版哲学・論理用語辞典 新装版』三一書房、12・5）。

本作は各章に登場人物名が付され、その人物が一人称の視点で語っていく形式がとられている。各人物は互いに関係し合い、そのネットワークの中で多層的に人物が読者には捉えられる構造となっている。章として配されているのは、単身十七歳でパリに渡りモデルを志したが挫折して二〇歳の時に帰国、それから一〇年ほど経過した「由依」と一回りほど年上で由依の夫でミステリ系ラノベ作家の「桂」、由依が翻訳の仕事をしている雑誌編集者の「真奈美」、由依のパリ時代の知人で恋人であるフレンチシェフ「瑛人」、彼の店でパティシエとして働く「英美」、由依の一〇歳年下の妹で学生の枝里である。全ての登場人物が掘り下げられていて興味深いのだが、本稿では由依の存在に焦点を当てて彼女の「存在」を浮上させてみたい。

冒頭章の「由依」では、桂が盗作疑惑による二年間の休筆後初の仕事で海外出張に赴いた二週間のあいだ瑛人と過ごす由依の幸福感に包まれた語りが展開している。二年間のセックスレスと一方的な会話しかしない桂との結婚生活は、由衣の中ではすでに破綻していた。

瑛人とは、「何の諍いも利害も邪推もない。ただ好きという気持ちだけで私たちは繋がっている。その関係は信じられないほど単純で幸せで、皮膚から内臓まで気持ちがいい。」、「全ての調和がとれていた。」と由依は語る。結婚していない瑛人と過ごす時間に由依は「アタラクシア」を感じているようだ。

「桂」の章では、桂から見た由依の姿が映し出されている。九年前、出版社で由依を見初めて尾行、盗撮したあとに話しかけてメールを聞き出した桂。由依との結婚生活は八年である。「好きだから結婚するという、そういう川のように一直線な流れが、彼女の中に存在するのだろうか。」と桂は由依の精神構造を掴めないままでいる。「自分の意思で自分の人生を決定づけることができると信じている人に対する嫌悪」を抱く由依に対し、桂は由依を見初めて強引に接近し結婚した一連の行動からわかるように、自分の意思で自分の人生を決定づけている人物で、由依とは対照的である。

一方で瑛人は、「俺はいつでも由依さんのものになるよ。求められた時に、求められただけ」と、由依に決定を委ねている。瑛人はパリ時代、高名なレストランを経営するニコラ・シモネにスカウトされシェフになり、そして愛人として彼のアパルトマンに寄寓していた。由依と瑛人は恋愛において受け身であり、同棲者との関係には金銭的な打算が含まれる。由依はモデルとしてオーディションを受け続けたが、生計が立てられなくなって帰国し、翌年に桂と出会い、その一年後に桂と結婚した。「枝里」はパパ活をしている二〇歳の学生である。「熱烈に愛されて愛の言葉を囁かれその瞬間に殺されたい」願望を持ち、首を絞められることを好む嗜好がある。枝里は交際する男性から常に一番におかれているように見える姉・由依に羨望するが、由依はそれを否定し、「私は空っぽの人間だよ。（略）誰も愛していなくても、誰からも愛されてなくても、普通に生きていける人間になったほうがいい」と枝里に説く。

空っぽであると自認する由依。桂は、由依をドーナツの穴に例える。「穴とは無ではない。その周囲が焼かれた小麦粉で繋がっている限りそれは『穴』という存在なのだ」と桂は捉えている。無ではなく「存在」として認定する桂。由依は、自身の空洞を埋めるかのように臍部にピアスを装着している。ピアスを外したのは由依が妊娠しているときだけである。「由衣は知り合った頃からずっとつけていた臍のピアスを外した（略）そのピアスをしまう手に、俺は歓喜していた。彼女に大切なものができたのだ。彼女にとって自分は大切な存在ではないかもしれないが、俺と彼女に、守るべき大切なものができたのだ。その事実に天にも昇る思いがした。」と桂は語る。由依のことを桂は「彼女は物の扱いが乱暴だ。」と観察しているが、物の扱いが乱暴であることは、由依が自身に対しても乱暴であることを示唆し、瑛人もベランダから乱暴に身を乗り出す由依の姿に危うさを感じている。その背景には由衣が至った苛立ちや怒り、無力感が隠れているのだろう。

由依は真奈美から飲食時の同席者に配慮なく薬味を使い切ってしまうことを批判されるが、桂は由依のそうした薬味やソースを大量に使う傾向を熟知していて、いつも自分の分を黙って差し出してきたと言う。「俺はそうやって由衣のお皿にカラシとかわさびとかレモンとかネギとかパクチーとか生姜とかを気づかれないように少し増やす妖精みたいになりたいんだ」と桂は由依に語る。由依の過剰さを受け止め、そっと補填しているのだ。

由依が二二歳の時、桂との間にできた胎児が七か月を過ぎたころ、急に心音が聞こえなくなって取り乱す由依に「由衣、大丈夫だよちょっと落ち着こう」と桂が声をかけた時、由依は涙目で「黙れ！」と怒鳴り、桂を突き飛ばす場面がある。「俺はその時彼女が子供を授かった意味が分かったような気がした。彼女には感情が与えられたのだ。喜びや悲しみや怒りや不安、これまで彼女の中で湿気たようにいくら擦っても火がつかなかったマッチに、静かに火が灯されたのだ。初めて見る感情を持った彼女の姿に、俺は感動していた。」と語る。

死産から一か月の検診には桂は付き添ったが、死産後初めての生理後の検診には桂の仕事の都合で由依は一人で病院に行った。この日に大震災が起きた。3・11である。由依を心配し病院に立ち寄った桂は、すでに由依は帰宅していて「無事じゃないわけないじゃん。とロボットのように呟き、目を閉じた。（略）でもあの時、わずかに開いていた彼女の何かが閉じた気が、確実にしたのだ。」と感じる。

3・11直後に由依は瑛人のいるパリに旅立ち、初めて瑛人と関係を持った。何もかも捨てて瑛人のところに飛び込もうと思った由依だが、瑛人は二週間滞在して帰国した由依に連絡を絶った。そして二人の関係は二年後に瑛人が帰国した後に再燃する。それが冒頭章の「由依」の場面である。瑛人は英美に「彼女は旦那さんとは別れないような気がする」、「どんなに寝ても言葉を交わしても、僕は彼女に手出しできないって思う」と語り、英美から「好きな女を人から寝取ったくせに、菴島は傷ついている」と語られている。

桂は由依に離婚を切り出され、桂にとって由依の存在を語る場面がある。「由依はドーナツの穴なんだ。（略）由依には実体がない。（略）君は不在の象徴で」「実体のある不在だから、由依は象徴になり得るんだよ。由依がいなかったら、存在と不在という概念が消える。存在も不在も存在しない荒野に投げ込まれるんだ。」と語る。由依から「何が言いたいのかよく分からない」と言われ「まあいいよ。離婚はしないということだよ」と離婚には決して応じない態度を表明するのだ。本作のラストは、由依が瑛人を愛し、感情を持ち始めている姿に桂が感動しながらも、その愛を許すことができず由依を由依の愛ごと握りつぶす予感を抱く。死ぬ前に「由依と俺の小説を書こう」と、桂は小説を書き始める。由依はその中で中心の位置を占める〈存在〉になるのだ。


（日本大学教授）

『パリの砂漠、東京の蜃気楼』

――「私」を生きさせる方法、あるいはコロナ禍への助走――

尾崎名津子

　金原ひとみは、二〇一二年に家族とともにパリに移住して六年間暮らし、二〇一八年の夏に日本に帰国した。『パリの砂漠、東京の蜃気楼』（ホーム社、20・4）は、パリでの最後の一年間と日本帰国後の一年間に、複数のウェブサイトで連載されたものを収めている。著者初のエッセイ集として紹介されることが多いが、本書の「私」はどこかフィクショナルな「私」である。それは、パリ篇、東京篇それぞれ一二篇の配置などに窺える、構成することへの意思や、頻出するキーワードとそれらが浮上させる問題の一貫性に因る。

　金原は複数のインタビューで書名の由来を語っている。たとえば、「パリは空気も人間関係も乾燥していて、地面からも焼かれるようなつらい場所でした。東京は楽しくて夢みたいな場所だけど、どこか見せかけだけ」（『朝日新聞』20・6・20）といった発言を、ここでは文字通りのものとして受け取りたい。身が灼かれるような乾いた土地としての「砂漠」という都市イメージは、パリ篇の以下の本文にも示されている。「この砂漠のように灼かれた大地を裸足で飛び跳ねながら生き続けることに、人は何故堪えられるのだろう。爛れた足を癒す誰かの慈悲や愛情でさえもまた、誰かを傷つけるかもしれないというのに」（「プリエル」）。ここでパリはたしかに、「私」の生を傷つけ、また、自らの行いが意図を超えて別の誰かを傷つけるという可能性において、「私」を苦しめ続ける。「私」にとってパリの日常は恐怖と表裏の関係にあり、「私」はそこで「生きれば生きるほど、何も見えなくなっていくように感じる」（「ミルフィーユ」）。自らを取り巻く世界を把握できなくなる恐怖は、自らの意志が宙に浮くこと（期待に対する裏切り、規範の無効化、意志の無力化）によってもたらされる。「日常」化されたテロも、「私」と家族や友人との関係も、そして時には「私」自身の思惟も、「私」と世界とを隔てることになる。

目を閉じて浮かぶものと、今目を開けてそこにあるものの差が耐え難い。ここにいたくないのにここにいる。一緒にいたい人と目の前にいる人が違う。望んでいる世界と今いる世界が遠く離れている。ただひたすら全てがばらばらで、散り散りに引き裂かれている気分だった。（「ミスティフィカシオン」）

統合や把捉が不可能な世界の中で「私」は、ささいではあっても理不尽な日常の出来事を、「全部空のせい」と割り切る次女の姿に触れ、彼女のようになれれば「この世界はもう少し手で摑みやすい形になってくれるのだろうか」（「シエル」）と呟く。この場面だけでなく、「私」は折に触れて確かな手応えを求めているように見え、その背後には常に「私」自身の「全てがばらばら」だという認識がある。「ばらばら」とは単にまとまらないということではなく、「私」の場合は不整合を指している。それが最初に明瞭な形で表れるのは、パリ篇の三篇目「スプリッツ」での、「アンナが小さな赤ん坊を抱く頃、私はどこにいるのだろう。いつの間にかあちこちに散り散りになっていた心と体は、その時きちんと重なっているだろうか」という記述だった。

「私」は場所への信頼を失うと同時に、「私」自身の不整合を自覚している。そのことは、パリ篇の最終篇「ピュトゥ」で、「私」がフランスを去るための荷造りを始める直前の、つまり、パリの「日常」の最後に置かれる次の記述にも示される。

傷つけたくないという思いがまた誰かを傷つけ、自分自身も傷つけていく。古傷に生傷が重なり、生きているだけで痛い、辛い、苦しい状態があまりに長いこと続いている。救い、オアシス、疲れたと倒れ込む場所を、いつ喪失してしまったのだろう。

この記述から、「私」ならびに本書を支える問題が「私」と場所の関係であることが鮮明になる。さらに、パリ篇と東京篇とがいかに架橋されているかを見ると、このことがいっそう明確になる。先に場所の「喪失」を語った「私」は、東京篇の冒頭「カモネギ」で過去の十五回の引っ越しを振り返り、「結局自分がここだと思える場所がどこにもなかったという事実」に思い至る。パリと東京という遠く離れた二つの都市は、本書の構成上も分離されてはいるが、その内容において結ばれている。本書は、「私」の位相を問い続けている。

東京に生きる「私」は、「外部からの刺激に過敏になっている」ことを実感する。特に、女性であることに自覚的な「私」自身と街で見かける男性たちとの関係や、「私」の周囲の女性たちが被る抑圧とその前提とされる男性たちのあり方に、頻繁に言葉が割かれる。パリ篇では男性性をめぐる思索やエピソードがほぼない（夫や恋愛に関わる思索はあるが、男性性の問題として語られない）。この「私」の関心の変化に見えるものは、実質的には「私」の位相の変化がもたらしている。東京で見かける男性たちの振る舞いや言説が、「私」の尊厳を傷つける。帰国早々このことに気付いた「私」は、「生きているだけで四方八方から侵害されているような閉塞感」（「おにぎり（鮭）」）に苦しむようになる。「私」にとって東京は、パリとは異なり世界が自らに密着している。しかしそれは、親密さとは無縁の近さである。この状況を回避することが目指される。

東京篇の最後に「フランス」という一篇が置かれていることを、ひとまずその証左としたい。東京という世界で起きていることが「私」を侵し、破壊するのであれば、そこは「私」の場所ではない。『パリの砂漠、東京の蜃気楼』において繰り返し示される、「私」が意図的に場所から離れるという運動は、結末で「私」が希求するものの一端を掴んだ瞬間を描き出している。「私」が求め続けた確かなものは、特定の場所との繋がりにおいては得られなかった。むしろ、世界と自らとの距離をいかに調整するかという方法こそを、確かなものとして「私」は手にした。最終篇「フランス」で「私」は、仕事で南仏とパリを訪れる。「帰ってきたと思える場所ができて良かった」と思う「私」は、最終日に一人で以前暮した街を訪れる。街の光景にも「ちょっと久しぶりだなくらいの気分」で接することができた「私」だったが、住んでいたアパートのエントランスを見て、突然「あの頃持っていたものを喪失したこと」を悟る。そして、「変化を恐れる私に、変わらない場所は眩しい」と語り、街を後にする。

「フランス」一篇のなかで「私」の位相の変動は甚だしい。「帰ってきたと思える」場所に見出す「喪失」は、むしろ文学のオーソドックスなテーマである。「喪失」こそが帰還の謂いなのだとして、それを故郷と呼ぶことをしない「私」にとって、その場所はただ「場所」として存在し、そこに「私」は不在である。「場所」に在りながら不在の「私」を確かに把握すること、この強靭な営為を「私」は獲得している。

〈世界に居場所を作らない「私」を描く〉(それは作れないこととは違う)ことについて、作家の水準に観点を移せば、金原ひとみは東日本大震災、パリ生活と、自らを激しく動揺させる出来事によって、「私」の像を先鋭化していったように見える。そして、帰国から二年後にはコロナ・パンデミックが発生した。いわゆるコロナ禍において、創作の形でその世界を生きる人間を表現した作家として、金原の反応はごく早く、持続的だ。「#コロナウ」(『小説トリッパー』20・6)と「アンソーシャルディスタンス」(『新潮』20・6)に始まり、単行本『アンソーシャルディスタンス』(新潮社、21・5)の刊行後もコロナ禍の世界を描き続けている。それを可能にしたのは東日本大震災以降の作家の暗闘であり、その闘いがパンデミック下の人間の生をいかに描くかという問題において、瞬時に反応し、しぶとく組み合い続けるための助走として機能したように見える。「私」はいかに「私」を生きさせるのか。『パリの砂漠、東京の蜃気楼』においてその方法が萌している。

(立教大学文学部准教授)

『fishy』——彼女たちにはシンパシーもエンパシーもなかった——加藤大生

金原は『fishy』(朝日新聞出版、20・9)をめぐるインタビュー(「関係性を更新していく」聞き手:瀧井朝世、「小説トリッパー」20・9)のなかで、本作では「自分にとって自然な女友達を書こうとした」と言う。「でもこれを「友達じゃん」と思うか「本当に友達っていえるの?」と思うのかは、人によって異なりそうです(笑)」。

本作は冒頭部(「episode0 fishy」)が「小説トリッパー」(17・6、特集「女ともだち」)に発表され、そこから書き継がれるかたちで長編化された(「小説トリッパー」19・6~20・3)。主人公は三人の女性——フリーライターの美玖(二八歳)、編集者の弓子(三七歳)、インテリアデザイナーのユリ(三二歳)。職種も年齢も異なる三人が、ときに居酒屋で、ときに宅飲みで、ひたすらおしゃべりに興じる。友達のような、そうでないような三人の関係を、金原は次のようにも述べていた。「お互いの性格や生き方を認めているわけではないけれど、通じる言葉を持っている三人なんだろうと思います。それでも、彼女たちが強い連帯を持つことはないんでしょうけれど」(同インタビュー)。「強い連帯」には結実しない、別種の繋がりを描き出すことが本作のテーマとなる。

しかしそれはどのような関係性なのか。着目できるのは「共感」や「想像力」、「同情」といった言葉である。たとえば夫の不倫について話すなかで弓子が発する次の台詞——「ユリって共感能力と想像力が著しく欠けてない?」。自分の気持ちを分かってもらえない、慮ってもらえないことに対する苛立ち。三人は「共感」や「想像力」による他者理解を通して繋がっているわけではない（ちなみに初出では「ユリってちょっとアスペルガーみたいなとこない？」）。一旦は安易な症例化の手捌きで流されていた問題が、改めて別の言葉で捉え直されている）。

物語終盤でも弓子は「ユリに共感できない。友達で居続けることはできない」と感じる。「この女は、耐えがたい」。一方のユリも「弓子には同情の余地はないと思ってる」「弓子と友達だったことなんてないよ」と終始一貫した姿勢である。ユリは二人との関係を「友達」と表現することを避けていて、「美玖の友達だったことはない」とも言ってみせる。そんな両者の間で、美玖は「この人たちの調整役みたいなことをしなければならない」と思ってしまう自分にまずは苛立ちつつ、言いたいことを言いたいだけ言うユリには鬱憤を、自身の正義感を頑なに崩さない弓子には嫌悪を、それぞれ着実に募らせていく。

かくして三人の関係は、いわば「共感」の共同体からは最も遠いところに位置づけられる。薄っぺらい寄り添いの言葉こそ、彼女たちが最も拒むものである――「そんなふわっとした言葉で語るな」（弓子）、「私の言葉に口当たりのいい返事はなく居心地が良い」（ユリ）。様々に傷つき、傷つけ合いながら、しかし自身の傷を安易に他人に譲り渡すことは絶対にない彼女たちの態度は、ある種の強さの主張のようにも見える（ユリがサンローランのバッグで痴漢をボコボコにする場面は象徴的だろう）。が同時に、それは彼女たちの所属する社会が彼女たちに強いているものでもある（弓子は「一切シンパシーを感じられな」い男性中心主義的な職場で「サバサバ」系の「バリキャリ」として主体化し、フリーランスで働く美玖とユリは構造化された不安定性のなかで焦燥感を煽られている）。かつてM・サッチャーの私設秘書を務めたT・ランケスターがサッチャーについて述べた評言（「彼女はシンパシーのある人だったが、エンパシーのある人ではなかった」）をもじって言うならば、『fishy』の女たちはさしずめ次のようになるだろう――「彼女たちにはシンパシーもエンパシーもなかった」。

翻って興味深いのは、もはや欠片ほどの「同情」も「共感」も抱かれることはないにもかかわらず、それでもなお「この三人で飲む機会は誰からともなく定期的に設けている」という事実である。三人が分かり合うことはない。「人が三人集まると邪悪な社会ができるっていう事実を身を以て体験した」（ユリ）。しかし飲み会をやめることもない。「何となく喧嘩別れっぽく」なりながらも、三人は再び集まり、飲んで食ってしゃべる。友敵関係で処することのできない微妙な（「邪悪な」）関係性のレイヤー。それが生起する具体的な「社会」＝おしゃべりの場をリアルに描ききったところに、まずは本作の達成があるだろう。「自分の価値観に照らして相手を敵と味方に二分し、味方だけで集ってぬるま湯に浸ったような愚痴をこぼし合うのとはまったくちがう、おしゃべりの社会性」（江南亜美子「『fishy』における、「おしゃべり」の社会性」、「小説トリッパー」20・9）。あるいは、「ある種の平場の言葉が用いられる瞬間に、いやおうなく纏ってしまう社会性」、「その複雑さこそ、じつは彼女たち自身が欲しているものである」（倉本さおり「彼女たちは黙らない」、「すばる」20・12）。

併せて注目できるのは、そのような「平場の言葉」のやりとりが、本作では必ず飲食を伴っているということだ。食べること（あるいは飲むこと）としゃべることをセットにすることは、実のところ、彼女たちが「共存」するための条件である。要するに口を複数の機能に従事させることが肝心で、それが適度に断絶を繰り込んだ（全面接続／全面切断ではない）コミュニケーションのモデルとなっている。「二人の言葉を無視して「あ、美味しそうチキン南蛮」と声を弾ませ、端っこの一番衣が多く高カロリーな部分に、タルタルソースを限界まで載せて頬張った」、「弓子はユリの言葉が聞こえなかったかのような態度でタコわさを口に入れ「これ辛っ」と呟いている」、「美玖の言葉に答えず、ユリは野生的な顔をしてビーフジャーキーを齧り続けている」……。居酒屋的おしゃべりが刻む、食べること／しゃべることの明滅的リズム。「ふと、私と弓子とユリが仲良くなったのは、酒飲みだったからではないだろうかと思いつく。［…］そんな適当な条件で結びついた三人が、何となく仲良くなったり何となく険悪になったり、何となく苦手意識を持って集わなくなったり、衝突して喧嘩別れしたりするのは、考えてみればごくごく普通のことなのかもしれない」。繋がったり／切れたり、というコミュニケーションのリズム。

あえて言えば、三人の間にあるのはこのリズムの尊重なのかもしれない。三人の集まりはおよそ継続的なものではなく、むしろ瞬間的なリズムの刻みとして特徴づけられる。三人に共有されるナンパや不倫といった話題も、近代的家族・結婚制度からの逸脱という意味の手前で、瞬間的・偶発的・ゲーム的関係性のヴァリエーションを表現しているとも言える（本作はしばしば人間関係をゲームの比喩で語るが、ゲームとはまさしく瞬間性と偶発性の無意味な享楽＝「気休め」である。「気休めに命かけてる」（ユリ））。コリドーでナンパ相手と「ＱＲコードでＬＩＮＥ交換」→「友達申請」という薄い繋がり。真の友達／偽の友達という二項対立の失効。関係性の全面的シミュラークル化を生きる現代人のポップな身体感覚が、Twitterやインスタのやりとりを通して炙り出される。「時代はもはやポストマトリックス」というユリの診断は、本作が描く人間関係のリアリティを端的に説明している。

そのなかで三人はそれぞれ独自のリズムを刻む。そして瞬間的に出会い、別れる。非継続的な関係を生きる。「継続は喪失と同義だよ。その点において、美玖と弓子との関係は継続していなかった。いつもその場だけがあって、焼却炉みたいに、誰かが今日の分のエピソード、燃料を投入して、燃え尽きる」。三人の視点が順番に切り替わる語りの形式は、「いつもその場だけがあ」るこの関係を描き出すのに相応しい。炎上／焼尽を繰り返す三人の関係を形式レヴェルで表現する「焼却炉」のディスクール。短いエピソードのパーカッシヴな連打、あるいはショート動画の縦スクロール的連接のような、接続というほどでもない繋がりである。そこに示される、「本当に友達っていえるの？」という声が常に纏わりつく、〝fishy〟《胡散臭い》な繋がりの留保なき肯定。

（同志社大学助教）

「アンソーシャル ディスタンス」

――コロナ文学が語る脆弱性とケアの倫理――レティツィア・グアリーニ

コロナ禍の中で「ケアの倫理」、つまり苦しんでいる人や弱っている人は、一人で抱え込まず、家族や友人・知人、また地方自治体や政府に助けを求めてもよいという倫理のテーマに関心が集まった。一方、新型コロナウイルスの大感染《パンデミック》は、我々が生きている社会がケアを顧みないことに支配される世界だということも明るみに出した。そんな中で、新型コロナウイルスによって、私たちは相互援助からソーシャル・ディスタンシングへと、ケアの新たな形を採用する必要に迫られた。

これらのすべてに素早く感づいた金原ひとみは、二〇二〇年五月に「アンソーシャル ディスタンス」（『新潮』六月号）を発表した。後に『アンソーシャル ディスタンス』（新潮社、21・5）に収録された本作品は、新型コロナウイルスの流行が始まってからいち早く書かれた小説として注目を集めた。インタビューで作者自身が述べているように、抑圧的な空気が強かった当時は、言葉を封じられた人々がたくさんいると感じ、かれら/かのじょらの声や見える世界を語るべきだと思い書き始めた。つまり、コロナウイルスの感染が広がる中で重症化しやすい人の身体的脆弱性に注目が集まったが、金原は精神・心理的脆弱性や社会的脆弱性などの問題に目を向け、多面的にコロナ禍を語る必要があることに気づいた。作者の言葉を借りると「世間からの抑圧に潰されてしまうような人たちの声を拾い上げたい」という思いが「アンソーシャル ディスタンス」を書くきっかけとなったのだ（「金原ひとみが語る、文学でしか救済できない領域「間違っていることを正しい言葉で語る側面がある」『Real Sound』21・7)。

本作品は沙南と幸希、二人の語り手によって相互に語られる。一〇歳の時に生まれて初めて真剣に自殺を考え、その後も手首を切ったり、ドラッグにはまったり、過食と絶食を繰り返してきた沙南が中絶手術を受けたばかりの場面で物語の幕が開く。彼女の側に立ち、絶えず彼女を支えようとする恋人の幸希の語りの部分では、沙南が「メンヘラ」や「キシネンリョウ」という言葉を通じて描かれている。彼女がパパ活をしていたことも知っている幸希は、沙南の全てを受け入れ、彼女の意見や提案を一切否定しない。

一方、自己嫌悪に陥りやすい幸希は、自己主張ができず、「自分の意見を拒絶されたり否定されたりすると反論せず、この人は分かってくれない、と自分の殻に閉じこもる」弱い存在として沙南の目に映っている。殻から彼を引っ張り出してみると「原始時代の土器のようにばらばらに砕け散ってしまいそうな気がする」ほど「弱くてデリケート」な人だと、沙南が語る。

幸希は自身の脆弱性に無自覚ではない。彼女を妊娠させ、不安を抱きながらも幸希が中絶手術のために貯金を崩し、できる限り冷静を保ちながら沙南を支えるように務める。しかし同時に「他罰的に、自罰的になって悲嘆に暮れていた沙南に引きずられ」、幸希の中にも精神的なダメージが蓄積されていく。というのは、沙南の妊娠は幸希にとって社会の中に演じるべき役割の圧力を感じさせるきっかけにもなるからだ。

「七転八倒しながらここまで生きてきた」沙南と違って、幸希は自己嫌悪を抱きながらも社会に適応することができる。多かれ少なかれ、自分の脆弱性を隠し社会に溶け込む術を皆持っていると考える幸希は、大学の授業においても就職活動においてもやらないといけないことをこなし、「『嫌』な世界に『嫌々』生きることができる」

のだ。しかし同時に、社会に生き残るための演技がもたらす疲労感も痛感し、沙南が中絶していなかったら家族を養わないといけない未来まで想像する。つまり、現代社会に生きるためにいつか「嫌々」と言いながらも幸希は覇権的な男性性の規範に従い、国の経済を支えるべく仕事をこなしながら家族を支える大黒柱にならないといけないことを百も承知なのだ。

一方、迷いながらも中絶を決心した沙南は絶望に打ちのめされていく。就職活動を無事に終え、卒業できた幸希と違い、新型コロナウイルス感染拡大の影響により企業説明会の中止が相次ぎ、就職活動が厳しくなった沙南は精神的な脆弱性のみならず、社会的な脆弱性にも直面することになる。そして、日本にもロックダウンが導入されるのではないかという噂による不安に、楽しみにしていたライブが中止になったという知らせが加わる。悲観的思考のスパイラルにはまった沙南が久しぶりに自殺を考えるようになり、幸希に心中を提案する。

そこで、幸希が卒業祝いで親戚からもらった金で二人は心中するための旅行に出る。そして、旅行中でもひたすらセックスし続ける。つまり、「3つの密を避けましょう」というスローガンがあちこちで聞こえ、人と人の間の距離を空けるよう呼びかける「ソーシャル・ディスタンス」という言葉が広く普及したときに、幸希と沙南は密接に身体を重ね続けるのだ。

世界中で広まった「ソーシャル・ディスタンス」は脆弱な人の命を守る、つまり脆弱な人を配慮《ケア》するために必要だとされてきた。しかし一方、その距離によってこそ苦悩する人の存在が見落とされてしまったのだ。金原ひとみの言葉を借りると「ぎりぎりの人たち、コロナで追い打ちをかけられた人たち」、また「ライブというものが心の支えとか生きる希望になっている人たち」が「ソーシャル・ディスタンス」によって希死念慮を抱くほど追い詰められたと言っても過言ではないだろう。

コロナ禍が長期化する中で「ソーシャル・ディスタンス」がたくさんの人の命を救った。しかし同時に、精神的な健康に重大な影響を及ぼしたことも否めない。隔離や行動制限がもたらすストレス反応、経済的打撃から生じうるうつ病や自殺の増加、家族の密集性によって生じる暴力や虐待の増加、休校によって生じる学業の遅れ、活動が制限されるために起こる高齢者の認知機能の衰え。感染終息後もメンタルヘルスへの影響に注目した世界保健機関がメンタルヘルスケアの取り組みを強化する必要があると呼びかけている。

では、ケアを顧みないことに支配される世界の中でどのように生き残れるのだろうか。「アンソーシャル ディスタンス」では次のように答えが提示されている。

私たちは弱々しすぎて、お互いに心配し合って、支え合っている。大丈夫？　大丈夫だよね？　二人して

そうして心配し合うことで、何とか自分を保っている。

とにかく連帯をもって他者を支え、他者に支えてもらう。金原ひとみはその必要性を訴えているのではないだろうか。それは『文藝』二〇二一年春季号に発表された「腹を空かせた勇者ども」の中で描かれているケアの倫理と同様だ。「日本来んなよ」と差別された中国人の留学生、父がリストラされたため転校を迫られている帰国子女、濃厚接触者になったゆえに大事な部活の試合に出られなくなった主人公。それぞれが違うバックグラウンドをもち、違う形で新型コロナウイルスの感染の影響を受けているが、お互いの苦痛に耳を傾け、支え合うことによってその苦しみを乗り越えられる。Withコロナ時代においても一人で悩みを抱え込まず、ゲームに登場する勇者のごとく、相棒と力を合わせて「大丈夫？　大丈夫だよね？」と心配し合いながら一つ一つクエストをクリアしていく。誰一人取り残さないためにケアの倫理が欠かせないことを金原ひとみの文学は語っているのだ。

（法政大学准教授）

「アンソーシャル ディスタンス」

――パンデミック時代の人間模様を凝視する――侯　冬梅

『新潮』二〇二〇年六月号の特集は「コロナ禍の時代の表現」であった。そこに発表された金原ひとみの「アンソーシャル ディスタンス」は、コロナ禍の最中における人間模様を描写した作品である。この小説は東京を舞台に、パンデミックの世界で政府や周りから自粛と要請という拘束（ソーシャル ディスタンス＝社会的距離）だけが課せられ、日に日に安息の場が狭められていく若者たちの追いつめられた精神を描く。しかし、小説のタイトルからも明らかなように金原ひとみは一種の反骨精神も浮かび上がらせる。

幸希は高圧的な母親に育てられたせいか、物心ついた頃から本当の自分を殻の中に閉じ込め、擬態しながら生きる人間となった。大阪に単身赴任中の父が不在の家で、母親の存在は大きかった。パンデミック時代になると、母親の小言が増え、幸希の恋人沙南への嫌悪も露わになった。幸希は、息子に執着する母親に反抗できず従順な事なかれ主義の人間となった。何とか無難に大学卒業までやってきた幸希は卒業を迎え、就職内定も得た。外見では順風満帆のように見える幸希だが、内面は生の幸せと喜びを感じることができず苦痛を抱え続けている。

人間の擬態はいつかは剥がれる。それは「キシネンリョ」をもつ沙南との出会いで起こる。幸希から見れば、「社会からも世間からも外れたところで生きている沙南が、生きやすさを与えてくれた。（中略）彼女は幼い頃からずっとキシネンリョがあるとことあるごとにこぼすけれど、俺には本能的、野性的で、生命力に溢れて見える。それは彼女が本気で死を考えながら生きているからだろうし、そんな死にたい彼女に、生きることに前向きになれない俺は救われている。」（14頁）沙南との出会いによって、幸希は恣意的な生命への渇望が芽生え、内心に潜められた欲望が掻き立てられる。沙南と一緒に反骨精神を持つバンドのライブに行き、国内旅行にも出かけた。これらは幸希と沙南に息づく場所と空間を提供してくれた。だが、コロナが蔓延すると、日本政府は強いウイルスと闘うかわりに、弱い人間の行動を制限する方針を取る。政府のやり方によって主人公たちの息づく場所まで奪い取られてしまう。「ロックダウンになったら絶対に外出は禁止よ。自分の行動に責任を持ちなさい。これはあなた一人の問題じゃないよ。周囲の人たちと共有してる問題なのよ」「皆それぞれの生活の中で社会的倫理を鑑みながら不要不急な外出を控えてるの。（中略）ほら、感情だけで動かない、それが大人よ」（22頁）。以上の政府の肩車に乗った母の言葉は、主人公の未来を妨げることになった。

「アンソーシャルディスタンス」は堕胎の場面を冒頭に置いているが、これは新生命を誕生させない世の中を意味しているのではないか。母親の息子の恋人への嫌悪、若者の経済的な窮状、それに、コロナの多方面にわたる影響によって不安定な精神状態に陥る主人公たち、これらはいずれも新生命の誕生を拒否する冷たい壁となる。幸希は恋人の妊娠を知ると途方に暮れ、苦しく感じる。その結果、沙南は堕胎手術を受けさせられて終いになる。「私と幸希の赤ちゃんが掻爬され吸引器によって吸い取られ、死んだ。私のどこかも死んだ。産めるんじゃないか、どうにかして産めないか、産むのも怖いけど堕ろすのも怖い、何か抜け道はないか。ずっと考えていたことが、もう考えなくていいことになった。私は地獄から追放され、元の地獄に舞い戻った。」（10頁）。

さらに、反骨精神を押し出すバンド・ハンザッブの公演中止で、主人公たちの「堪忍袋の緒が切れんばかり」となる。最後の藁一本が駱駝の背を砕くと言われるように、主人公達にとってその藁は〈音楽〉だった。心が切れた二人から出て来た言葉は「テロでも起こす？」であり「心中しない？」であった。そして実現可能性の高い心中の旅に出かける。

「アンソーシャルディスタンス」は、日本社会の若者の中に未来や人生の理想を持たずに大人になる現状を反映していると言える。大学を卒業したにもかかわらず、自分にも現状にも満足できず、自分はどうあるべきなのかと焦る幸希はそのような人間の一人と言える。恋人の沙南は、十歳の頃から自殺を考えはじめ、生きるうちに何か難しいことにぶつかると、リストカットをする。この現象は数年間に渡って繰り返されている。ドラッグ中毒をした高校時代、パパ活をした大学時代を送った沙南は周りの世界に馴染めないが、擬態して普通な生活を送る幸希に出会って恋をする。もともと「地獄」に生きる沙南は幸希との出会いによって、やっと「何か共通の使命を持つ生命体の最小ユニットのようだ」と考え始める。が、コロナが東京で蔓延する中、明るい未来を見えない沙南は堕胎手術を受けた。その後、沙南は自分のどこかが死んだと言っている。ロックダウンの暗雲が沸き起こり、好きなバンドの公演中止になると、沙南は幸希の卒業旅行を心中旅行に変えるつもりで旅に出る。

現実社会で生き辛い人たちは架空な空間で精神的に解放され、癒される。旅行はその手段の一つである。〈希死念慮〉を持つ沙南、擬態で生きる幸希、みな精神的に病んでいる人間と言える。小説では主人公の夏休みの国内旅行の幸せな様子が描かれる。旅行にもたらされた空間転換は主人公に自己発見の時間と場所を与えると暗示する。「私にはまだ分からないこととか、知らないこと、知っても実感できないことがたくさんあるんだろうなど、純粋に卑小な自分を感じた。そして改めて、自分が卑小なまま死んでいく事実を思い知る。でもこれから十年生きたって二十年生きたって、自分が卑小であることに変りはないような気もする。」（28頁）。文学は想像力の産物である。旅行という非日常空間は主人公たちの想像を膨らまし、想像の中で心をほしいままにできる。沙南は「手すりの向こう側を見つめて、真っ暗な外を、死を見つめて、彼女は涙を流していた。」（31頁）。架空の空間において想像した末、妊娠事件によって生に執着する自分が発見される。「コロナみたいな天下無双の人間になりたい」と呟く沙南はこれから強く生きられるだろう。

小説の絶妙な所は、時間的なずれを用いるところにある。心中旅行に出かけた恋人に、それぞれ自己凝視をする空間と時間を与える。先に部屋に戻った幸希はなかなか戻れない沙南のため、あわてて大浴場に向かう。彼女を捜す途中、沙南に先に死なれたら、自分が死ぬか死なないかと激しく葛藤する。が、「沙南の死を知り、可哀想にと悲しげな表情を浮かべつつ陰でほくそ笑む母親の表情が浮か」び、幸希は「沙南とともに死ななければという衝突に突き動かれているのを感じた。」（30頁）ここからコロナより母親の存在そのものがいかに主人公を圧迫しているかが分かる。幸希は心理的に母親から自立しないと、自分の人生を得られないと発見する。小説は、主人公の卒業旅行の最後の日に、コロナウイルスに感染された「母親は突如症状が悪化して救急搬送されると死亡、俺と沙南は軽症のまま回復という想像をしてみる」。幸希は、自分と沙南を苦しめるものの絶滅を強く願い、母殺しという想像をしたことでやっと〈母親〉から〈卒業〉した。

主人公の心中は想像の段階で止まった。心中旅行によって、一人は生命への未練、人生への執着を発見し、もう一人は恋人の心中と母殺しを想像によって体験し、生きる道を見つける。金原ひとみの「アンソーシャルディスタンス」は、母親・政府・ウイルスに代表される〈強権〉に対して、消極的な心中より積極的な反抗に向かう人物の造型により、パンデミック時代に苦しく生きる読者にも息づくものを与えている。

（中国・曲阜師範大学・翻訳学院准教授）

「アイドント スメル」
——不安定な身体と「透明」という生存戦略の向こう側——

宮田絵里

二〇二〇年から世界中で巻き起こった新型コロナウイルスによるパンデミックは、人々の生活を大きく変えた。日常的にマスクをし、近距離での会話・食事などの「濃厚接触」を避けること。空気感染をするウイルスに対して有効な治療薬が存在しないまま、他人と同じ空間に存在することが〈リスク〉となってしまう事態は、時に症状のある人を「感染源」=「加害者」とみなすことにつながる。もちろんパンデミック下で感染した人を「隔離」するのは医療的に必要な行為である。しかしウイルス感染をあらゆる場面で完全に防ぐことなど——それも一個人の努力によってなど——不可能だ。それにも関わらず/それだからこそ、見えないウイルスの脅威は、実際の〈病んだ身体〉に転換して認識される。コロナ禍においては症状のない身体こそが〈正常〉であり、その状態は適切な「予防」によって保たれる。こうした管理されるべき確固とした身体という認識が、コロナ禍では特に社会的に推し進められた。その裏側に、未知のウイルスに晒される不安定な身体というものを抱えながら。

金原ひとみ「アイドント スメル」(「ことばと」、書肆侃侃房、21・10)では、このような揺れ動く身体への不安が、新型コロナウイルスに罹ってしまった女性の孤独な隔離生活を通して描かれている。主人公の「私」は一人暮らしの会社員だが、「何があっても人に迷惑をかけない」ことを信条としており、内心では他人や社会への愚痴を吐きながらも、周囲と同調することを優先して世渡りをしてきた人物である。感染のきっかけは上司と同僚の三人で食事をしたことであったが、それも上司に誘われて仕方なく付き合っただけで、日常生活において感染リスクの高い行動は取らないようにしていたのだ。そんな「私」にとってコロナ陽性になったことは一種の過失のようにも感じられていることが、〈感染力をもった加害者〉という自己認識からも分かる。とはいえこのような認識は、「自粛」が叫ばれたコロナ禍の日本社会では特段珍しいものではなかった。他人になかなか頼れない「私」の性格は、コロナに苦しむ身体を抱えた今は必要なケアを受けることができない事態につながっていく。この小説は「私」の部屋という閉鎖空間が舞台であるが、それは他人を拒絶する「私」という存在とリンクしている。しかしそのような〈閉じた箱〉である「私」にウイルスは容赦なく干渉し、「私」を脅かしていくのである。

タイトルにもなっている通り、コロナの症状の特徴の一つとして「匂いを感じない」ことがあるが、主人公の「私」にその症状が表れたのはまともに身動きできないほどの苦痛が一時おさまったあとであった。一瞬「正常」な身体を取り戻しつつあると思っていた「私」は、入浴中に「ボディソープがほとんど香らない」ことをきっかけに、再び自分の身体が「コントロールできないところで、ウイルスの影響を受けている」ことに気づくのである。さらには原因不明の「痒み」までも発症した「私」は「体とのコミット感がどんどん失われ」ていき、部屋の「加湿器から、あるいはエアコンから毒ガスが送り込まれている」可能性を考えるまでに混乱していく。このように嗅覚の異常は自身の身体と周囲の状況を正確に把握できない恐怖につながっていくのだが、それと同時に「痒み」がコントロールできない身体の症状の一つとして描かれていることも興味深い。皮膚というのは通常身体の外界との接触面、つまり自他の境界として捉えられるが、コロナという病に侵された「私」はその境界すらも揺らぎ、不安定な身体というものが露わになっていくのである。「私」自身であるはずの身体が「私」にとっての脅威となり、それは耐え難い「苦しさ」を引き起こしていくのだ。身体／知覚が自分として把握できないものになっていったとき、今ここにいる〈私〉はどのようなものとして存在できるのだろうか。

大の字になって手足を伸ばしているのに、スーツケースに押し込められたかのように苦しい。（略）痛い。苦しい。助けて。言葉は行く宛もなく天井を見つめる私の口から間抜けに零れ落ち、頬から耳の裏を通って床に落ちる。（略）普段、牽制や遠慮や常識人アピールや責任回避のために使っている言葉が、今は自然に、何の脚色もなく誤魔化しもなく剥き出しでこぼれ落ちていた。助けてという言葉もまた、誰かに向けて発されたものではなく「救いを求めている私の状態」を端的に表した言葉でしかない。そして私は、表さなければいられないのだ。言葉で表さなければ、もう保てないのだ。

引用にあるように、「私」は苦しさの中で自己の存在を「言葉」で表現することによって保とうと試みる。実際には手足は伸びているはずなのに、「私」は「スーツケースに押し込められた」ような苦しさを感じている。現実の身体の状態と「私」の認識の乖離のなかで、「私」は社会的な存在として自分が発してきた「言葉」ではない、剥き出しの「言葉」を「私」という存在の根拠とするしかないのだ。自分の状態を記述することは文字通り「私」が在るということなのである。ただし、この「言葉」は「室内の床を埋め尽くし次第に壁を迫り上がって天井まで浸食し、この部屋の内側を完全に支配しよう」とするものの、ここで「私」の意識は途切れてしまうため、部屋の外に——外界に出ていくことはない。

目覚めた「私」の身体は回復しつつあるものの、嗅覚の異常は続き、自分や世界が「透明」なもののように思える。その中で療養最終日を迎えた「私」だったが、ＰＣＲ検査を受けられないことから会社で引き続き自宅待機を命じられてしまう。休業中は給料が四割減となること、回復直後は検査を受けても陽性反応が出てしまうことから、上司や政府の労働相談窓口に事情を説明するものの、梨の礫である。「私」は諦観のなかで「コロナは個人の無力さ、政府の無能さ、会社や自治体の縦割り具合と浅はかさ、社会や世間の冷たさを浮き彫りにした」と述懐する。パンデミックが露わにしたのは個人の身体／生がいかに社会的に抑圧されているかということ、そしてその問題はコロナ禍以前から地続きであるということである。だからといって、「私」はこの理不尽な状況を打破しようとはしない。「私」は会社に要求された「コロナ禍にご飯を食べに行ったことを謝罪する反省文」を淡々と書き上げることで、社会に適応しようとする。無論、そうしなければ現実的に生きていけないからである。

コロナに味覚嗅覚、実体までをも剥ぎ取られたまま、なるべく自分が透明な内に書き終えてしまいたかった。透明な内は何でも耐えられると思った。この透明さはコロナが与えてくれたものだけれど、でもそもそもコロナに罹っていなければ私はこんな文章を書かなくて良かったのだ。コロナに振り回され独り相撲をする私は滑稽だけれど、透明な水槽の中では、その中にある全てを慈しまずとも憎悪の火を燃やさずに済むだろう。

「反省文」の「言葉」は、「私」が在るために発したあの切実な「言葉」ではない。そして皮肉なことに、その「反省文」を書くことを可能にした「透明」という感覚はコロナによってもたらされたものなのだ。「私」にとって脅威だったウイルスはもはや、「私」が生き延びていくために必要なものとなっている。しかし、病でさえ自己責任に還元するような「反省文」は、果たしてコロナによってのみもたらされたものだろうか。そうではないことを「私」は知っているはずである。それをふまえると、コロナによってもたらされた身体感覚の変容が「私」の処世術の一部として回収されるこの結末は、剥き出しの「言葉」を禁じていく社会の有様を逆説的に告発している。「アイ ドント スメル」はコロナ禍という〈非日常〉を描いているようで、不条理な社会の中で生き延びていくしかない個人の〈日常〉の苦境を、「私」の身体という不安定な場を通して読者に提示しているのである。

（立命館大学研修生）

『ミーツ・ザ・ワールド』——目の前にいない存在に対する愛の賛歌——上戸理恵

『ミーツ・ザ・ワールド』（集英社、22・1、初出『SPUR』18・12〜21・9）の主人公は、〈推し活〉を生活の中心に置き、〈腐女子〉を自認する二十七歳の女性・三ツ橋由嘉里である。作品冒頭、人生二回目の合コンで同僚女子から〈腐女子〉であると「バラされ」たことで悪酔いして倒れていた由嘉里は、美しいキャバ嬢・鹿野ライに出会う。「あなたみたいになりたかった。あなたみたいに生きたかった。あなたみたいな顔に生まれたかった」と嘆く由嘉里に、事もなげに「三百万あげようか？」、「あんたが私の顔になって私になったらいい」と返すライ。

連れていかれたライのマンションの部屋（「ゴミ屋敷」）で、由嘉里は「私はこの世界から消えなきゃいけない」、「私のあるべき姿は消えてる状態」というライの希死念慮に触れる。〈死〉への欲求を「ギフト」と表現するライを必死に説得しながら由嘉里は自分が「生きたい人」であることを自覚する。ライに「生きていて欲し」い気持ちに突き動かされて、部屋の大掃除をすることで達成感を覚える由嘉里。朝になってライは「家に帰りたくないならここに帰ってきてもいいよ」と一つしかない鍵を由嘉里に渡す。マンションから駅に向かう道で由嘉里は、「初めて恋愛した人が感じる」ような高揚感に包まれる。

この夜の出会いをきっかけに、由嘉里はライと同居を始め、これまで自分とは無縁だと思っていた世界の住人たち——ライの友人であるホストのアサヒ、バー『寂寥』のママ・オシン（オシンは「女性言葉の男性」である）、アサヒの「ミューズ」である小説家のユキ――と親しくなる。物語の前半では、ライの希死念慮を軽減して何とかこの世界で生きてもらおうとする由嘉里の格闘（「死にたみ半減プロジェクト」）が描かれ、アサヒやオシン、ユキとの関係はライの希死念慮を何とかしたいと相談するなかで深められる。ライを含めて、由嘉里にとって「大して長い時間は過ごしていない、お互いのことをさほど知ってるわけじゃない、クラスタも違う」人々である。クラスタとは、「SNSなどのネットサービスやソーシャルメディアで、似たような属性（所属や趣味、政治信条など）や共通点を持った利用者同士が相互に繋がって形成された集団」を意味する言葉である（「IT用語辞典」https://e-words.jp/w/クラスタ.html、24・5・24閲覧）。由嘉里は、インターネット空間に限定せずこの言葉を多用しており、そのことは彼女の「オタク」性（インターネット空間との親和性）を示すだけでなく、趣味や関心事によって所属集団が決定されるという彼女の世界観を示唆している。

由嘉里が特に意識している「クラスタ」差は、「三次元」の相手との「リアルな恋愛」やその延長にある結婚に対する興味の有無による。焼肉擬人化漫画「ミート・イズ・マイン」の推しキャラであるトモサンをこよなく愛し、現実の男性との恋愛経験がないという由嘉里は、たびたび「恋愛クラスタと自分との違い」を意識する。すなわち、由嘉里は〈推し〉に対する自らの愛を、世間一般の恋愛と峻別して位置づけているのである。

しかしその一方で、「恋愛クラスタ」との対話は、「恋愛」と〈推し〉への愛との共通点をも浮かび上がらせる。最悪の合コンをきっかけに定期的に会うようになった奥山譲から過去に経験した失恋の話や相手に対する未練を示唆するエピソードを聞いて、由嘉里は、夢中になって読んでいた漫画作品において自分の〈推し〉が死んだときの心理になぞらえて彼の心境を理解しようとする。奥山の方でも「なるほど、言われてみれば彼女への思いはフィクションに対するそれと近いのかもしれません。実際に何年も連絡を取っていないわけで、もうほとんど実在の人物という感じもしませんから」と、その解釈を受け入れる。由嘉里は、奥山に限らず「普通の恋愛」(「三次元」の相手との「リアルな恋愛」)に振り回される人たちを理解するために、〈推し〉に対する自らの気持ちや行動を参照するのだが、対話の相手もまた由嘉里の〈推し〉への愛を自らの恋愛経験と等価のものとして扱っている。むしろ、物語中盤までは、対話相手によって〈推し〉に対する自分の愛があっさりと承認されてしまうことに戸惑い、実在と非実在の間に線を引き直そうとするのは由嘉里の方なのである。

物語の後半では、旅行から帰ってきた直後、ライの失踪に直面し、それを契機に変化していく由嘉里が描かれる。アサヒを伴ったその旅行は、舞台化された「ミート・イズ・マイン」の大阪公演を観劇した後、ライの「死にたみ半減プロジェクト」の一環としてライの「好きな人」である鵠沼藤治の実家を訪ねるというものであった。しかし、鵠沼の母親から鵠沼自身も生まれながらに「生きようとしてくれない人」であり、別れた二人を再会させることが良い結果をもたらすとは限らないと伝えられた由嘉里は、無力感に打ちのめされたまま東京に戻る。そして、ライの部屋に帰り、ローテーブルの上に、来月末にマンションを引き払うことになったため立ち合いや部屋のものの処分をしてほしいという内容の書き置きと、封筒に入った三百万円(書き置きのなかに退居の諸経費はこの「約束の三百万」から出してほしいと書かれている)が置いてあるのに気がつく。

ライの失踪に気づいた直後、由嘉里は混乱し、「まるで自分をこの世界に繋ぎとめていてくれる太いロープが断ち切られたよう」な不安感を覚える。しかし、その直後にアサヒがホストとして接客した女性客の彼氏に刺されて救急車で病院に搬送されたということを知り、「ライの喪失という現実がまた新たな現実に塗り替えられていっている」ことを否応なく実感する。手術後にアサヒの無事を確認した由嘉里は、アサヒ、オシン、ユキと過ごす場所を「ライが出ていった世界の中で最も私が安心できる空間」として受け入れる。

そしてライの失踪をきっかけに、由嘉里は様々な場面で、自分をとりまく世界が別の側面を持っていることを知る。その一つが、母と再会するエピソードである。もともと「退屈な世界」に生き「退屈な想像力」しか持ち合わせていない母との暮らしに対する嫌悪感があった由嘉里だが、ライの失踪後に「私の思ってた幸せが、あなたの幸せじゃないことは分かってたのに押し付けていたことに気がついた。あなたがいなくなってくれたから」という母の言葉を聞いて、由嘉里に対する母の無理解がライに対する由嘉里自身の無理解と重なることに気がつく。由嘉里は依然として母に相容れなさを感じるが、母の言葉のなかに「何も共有できなくても共感できなくても一緒にいたい」というライに対する自身の愛を見い出す。

さらに由嘉里は、ライの失踪後に電話で鵠沼藤治に言われた言葉を手がかりに、ライを概念として自分の中で生かし続けるという考えに至る。独りよがりで一方通行な関係性かもしれないと前置きしながら、自分の中に取り込んだ誰かと干渉し合い共鳴しながら生きていく可能性が示唆される。

本作では、〈推し〉や消えてしまったライという非実在を、そして出会って日の浅い「クラスタも違う」人々という実在を、どちらも手放さずに由嘉里が「愛し続け」ることを肯定していくプロセスが描かれている。非実在の相手であっても、自分の目の前からその存在が消えてしまったとしても、理解困難な存在のままでも、〈愛〉は持続可能なものとして自らの中にある。本作のラストでは、このような気づきがもたらす多幸感があますことなく描かれている。

（札幌大谷大学専任講師）

『ミーツ・ザ・ワールド』

——〈代理父母〉によってもたらされた〈世界〉との出会い——山田昭子

『ミーツ・ザ・ワールド』は「SPUR」二〇一八年十二月号～二〇二一年九月号に連載され、二〇二二年一月、集英社より単行本化された（以下、本文内の引用は単行本による）。

銀行員である由嘉里は、会社の同僚に企画された合コンの帰りに泥酔し、歌舞伎町で倒れこんでいたところ、キャバ嬢であるライに声を掛けられる。ライは嘔吐し号泣する由嘉里の手を取り自分のマンションへ連れて行き、二人はそのまま同居生活を始めることになる。

ライは、自分は死ぬということ、「この世界から消えなきゃいけない」、「それが私にとってこの世界で唯一無二の事実」であると告げる。由嘉里は理解に苦しむが、ライとの問答を通して次第に自分が「この人生の中で外から貼られてきたレッテルと自分で内側から貼ってきたレッテルの中で、過剰に卑屈になっている状態」に陥っていることに気づく。

由嘉里は焼肉を擬人化した日常系焼肉漫画「ミート・イズ・マイン」を好む「腐女子」であり、職場ではごく一部を除いてそのことを隠していたが、「二十歳前後の頃にはそれなりにいた腐友がもはやほとんど結婚かリアル恋愛を始めこっち界隈の話をする機会が少なくなったこと」を理由に「三次元の男とのリアルな恋愛がうまくいけば自分は二次元なしでも人生に充足できる生き物なのかを確かめるための活動」として婚活を始める。だが婚活を意識するようになった直接の動機には父母の存在があった。由嘉里はライに「最近母親の結婚しろアピールがウザい」と説明しており、同時に亡き父から「全面的に与えられていたあの肯定感の喪失」を「他の誰か」から得るために婚活を始めたのだと自覚するようになる。

ライと、その知り合いであるホストのアサヒは「私を否定しない」がゆえに「私がここまで自分自身について吐露できた」相手だ。中でも自分を全肯定してくれた亡父とライには共通点を見出しており、その意味でライは由嘉里にとっての〈代理父〉であるといえる。由嘉里とアサヒが「ミート・イズ・マイン」の観劇旅行から帰ると、ライは姿を消していた。そのことは父の喪失の再現である。アサヒは刺傷事件によって、父の死の再現を予見させるが生き永らえており、ライの失踪を悲しむ由嘉里に「ブラジルでライが踊ってる時、その胸にゆかりんのことが少しでも刻まれていれば、それはもう一緒に踊ってるも同然だよ」と告げる。アサヒは由嘉里に対し、ライが与えた喪失感、そして亡き父の喪失感を解消する言葉を与えるのである。

ライは失踪するが、作中に死を明言する描写はない。由嘉里はライが「自分のことを死んでいるはずの存在、ではなく、消えているはずの存在、と話していたこと」を思い出す。ライの消えたいという思いは詳細に言語化されることなく姿のみが失われるが、それを補完しているのがライのかつての恋人、鵠沼藤治の存在である。藤治が由嘉里に残した「誰かが死んだと聞いても本当にその人が死んだとは思わない。僕の世界には死はなくて、むしろ、吸収に似たものと捉えています。死とは、何かに吸収されていくこと。煙になったり土になったりして、何かに溶け込んでいく。記憶として残った誰かの中に吸収されていく」という言葉は、ライを「概念」として吸収することを由嘉里に受け入れさせる。

一方アサヒを通じて知り合った、バー『寂寥』のママであるオシンは、由嘉里にとって母親を想起させる存在である。由嘉里は実母の期待する「積極性のあるリア充」になれず、そのことが婚活の原因の一つにもなっていた。ライの失踪前、彼女の「希死念慮」を軽減させたいと思っていた由嘉里はオシンから作家であるユキのもとを訪ねるよう、強引に送り出される。由嘉里は、振り返っても既にそこにはオシンがいないことを確認し、「私が見えなくなるまで笑顔で手を振っていた、私が不安そうな顔をすると決まって握った拳を持ち上げ、「頑張れ」というジェスチャーをして更に私を憂鬱にさせた母の下から」「巣立った」自分に気づく。このことは「体内でへその緒を通じてフィーディングしてもらった母という最も近かった存在」から、「切り離されたのだ」という新たな力を由嘉里に与えている。ライが失踪し、アサヒが客の夫から刺されて病院に運ばれた時、由嘉里は付き添ってくれたオシンに「包み込まれるような安心感」を感じ、「自分が生まれたばかりの頃病院で看護師や母親、父親や親戚なんかに抱かれ、未知の世界に産み落とされた心細さをその腕の温かさで何とか誤魔化し、この新しい世で生きていこうという気持ちにさせてもらったのかもしれないという想像を掻き立て」られる。由嘉里はこれまで自分がそうしてきたように、そんな自分とライの境遇を比較するが、同時に比較の無意味さを自覚できるようになっている。このことはオシンという〈代理母〉を通して実母からの自立、いわば〈生まれ変わり〉を果たした結果もたらされた価値観であるといえるだろう。由嘉里はライとの出会いの際「嘔吐」をしている。嘔吐は体内のもの、それまで自分がとらわれていた価値観や「レッテル」を吐き出すことへとつながっている。由嘉里はライ、アサヒ、オシンから食べ物を与えられているが、それは彼らとの出会いを通して獲得し直した、自分自身を構成する血肉の象徴となっているのである。

由嘉里は、「自分の人生に、誰かの人生を、人生とは言わずとも数年間、あるいは数ヶ月を費やさせることが怖い」という思いを抱いていたが、ライを通じて他者と出会い、他者の中に〈反射〉させることで次第に「自分」

を認識していくようになる。合コンで出会った奥山譲に誘われ食事に行った際、店に居合わせたライを見た奥山譲の発言から、「そうかこの人は、ライと知り合った時私が感じた違和感を同じように抱いているのか」と、奥山譲に〈反射〉した「自分」を見ている。そしてユキの存在は、由嘉里と実母の関係を映し出す鏡の役割を担う。夫と娘と別れ「一日一日自分が死に向かってるっていう事実だけが私の生き甲斐で、私の生きる意味」と告げるユキに対し、由嘉里は「自分勝手で最低な人の話」だと思う。だが、ライの失踪後、「自分を大切に思う人が周りにいなくなったことで、私は解放された」と自分の過去を振り返るユキの言葉は、その後実母と再会した由嘉里に「理解されないことの苦しみを知っているのに、理想を押し付けられる苦しみを知っているのに、私はライに母と同じことをしていたのかもしれない」という気付きを与える。由嘉里の中には実母と理解し合えない苦しみがあった。だが、由嘉里はユキの過去に自分と母の関係を〈反射〉させることで、その苦しみは一方的に与えられたものなのではなく、自分も与えていたのだということを認識する。このように由嘉里は他者との出会いを通して「自分」を認識し、「私はいつまでもこの私で、私として生きていくしかない」ということに思い至る。

ライの失踪後、由嘉里はマンションに残り、「ここからの景色」を毎朝インスタグラムとTwitterに載せることを決める。「ここからの景色」は由嘉里の見た〈世界〉を意味し、不特定多数に向けられた投稿は、他者と積極的に関わることで生きようとする由嘉里の新たな〈世界〉の開示であると言えるだろう。

（専修大学非常勤講師）

『デクリネゾン』――不確定性を生きる「私」の軌道――与那覇恵子

表題の「デクリネゾン」は、日本人にとってはなじみのある単語ではないため言葉のイメージを広げにくい。言語的には屈折語の語尾変化のことをいう。英語に慣れていると感じられないが、印欧語では名詞・形容詞・動詞が格や時制に応じて単語の語末を変化させる。それをデクリネゾンという。そしてフランス語ではこの言葉を料理法にも用いる。素材が調理の仕方で変容する様と、他の素材との組み合わせでもたらされる変容を表す。さらにこの語は、エピグラフに引用されたルクレーティウスの「私は繰り返し、繰り返しいうが、原子は少々斜《はす》に進路を逸《そ》れるに違いない」の、「斜《はす》に逸《そ》れる」のラテン語デクリナーレとも繋がっている。一般的な原子論は、他の原子との衝突においてのみ変化が生じるという決定論であるが、ルクレーティウスの原子論は決定されたコースから不意に逸れる、あるいは原子を結び付ける偶然の変化という不確定性を含んでいる。

『デクリネゾン』（集英社、22・8）の中心人物は、金原ひとみをイメージさせる作家の「私」（志絵）である。登場人物たちをそれぞれ一つの原子と考えると、それらとの衝突によって「私」は変化する。同じ食材もレシピによって異なる味が生まれるように、一人の「私」も家族や友人、他者との出会いなどによって多様な「私」が出現する。だがその出現した「私」は、「私」が思っていた「私の意思とは関係なしに弾かれたように、別の方向に」動いた「私」だった。「私」は「私」でありながら「私」という不確定性を浮かび上がらせる存在として描かれている。この現象がルクレーティウスに繋がるデクリネゾンである。本文中では志絵の最初の夫・吾郎が「不確実に世界を生きるのは苦痛だから、皆ある程度無理やりにでも自分の確実な太陽をこれと定める。でも志絵はそれを定めることができない」と指摘している。

さて、この小説の醍醐味は食や肉体、仕事の快楽をプラトンの『饗宴』さながらにコミュニケーションレベルで衝突させ、人間の欲望の在り方を冷徹に描いた点にある。「第1話」から「第19話」で構成されており各話には「生牡蠣とどん底」、「肉塊を吸った白インゲン」、「ゾンビが消えた街のガウディとマルゲリータ」、「ベースのカレーとsupernovaと」といった小見出しが付く。世界各地の高級料理からファストフード、家庭料理まで〈飽食の街東京〉で、「私」は作家仲間、仕事関係者、家族、恋人と様々な料理に舌鼓を打ちながら恋愛論、家族論、小説論、映画論などの意見を交わす。各話で交わされる細部にわたる対話はどれも興味深いが、「私」と同じように結婚して子供がいる「私」と同世代の作家ひかりと和香との〈会話劇〉ともいえる場面はアラフォー世代の本音が見えて興味深い。彼女たちの恋愛、結婚、家族観は微妙に異なるが、三人とも生活の一部に恋愛〈不倫とも語られる〉を組み入れている。激しい恋愛感情に突き動かされた訳でもないのに、なぜか「浮気」をしてしまう志絵。二度の「離婚の原因」は自身の浮気という認識はあるが、「離婚の理由」は「浮気」ではないと考えている。「何かに激突されて別の方向に飛ん」だのだと思っている。

「離婚」という言葉に違和感を抱き続けている志絵の視点から和香は「婚外恋愛にのめり込むが離婚という道は絶対に選ばない」と捉えられ、ひかりは夫の恋愛も容認しつつ「円満な家庭」を紡いでいくと見られている。しかもひかりの「家庭のような安定した人類の営みを眺めている時、私はそれだけで幸福な気持ちになる」とも語っている。「安定した営み」に「幸福」を感じつつも、吾郎が指摘するようになぜか「斜に逸れ」てしまうのである。

『デクリネゾン』には金原ひとみの新しい側面も垣間見える。金原は存在の不安と欲望を身体に刻印されるスプリットタンやピアス（『蛇にピアス』集英社、04・1）、あるいは〈嘔み吐き〉（『ハイドラ』新潮社、07・4）といった身体感覚を通して表現してきた。コロナ禍での生きづらさを描いた『アンソーシャル　ディスタンス』（新潮社、21・5）や『ミーツ・ザ・ワールド』（集英社、22・1）には、自然体のように〈希死念慮〉を持つ人たちも登場する。若い頃の志絵にも確かな手ざわりを求めてもがいている姿（例えば産後、個を喪失していくような不快感）が描写されているが、二度の離婚を経て中学生の娘理子と暮らす四十歳前の現在の彼女は仕事にも家族にも恋人にも、対立する場面はあるけれど前向きな姿勢で向き合っている。金原は『マザーズ』（新潮社、11・7）で、妊娠、出産を経て自分自身が変容したと感じ精神的に不安定になった母親たちの、子どもを愛しいと思いつつ虐待する心の闇を浮き彫りにした。その背景には育児に無関心な父親（夫）たちの無理解があった。タイトルとは裏腹に母親たちの閉塞感を醸成しているのは父親／ファザーズなのだという鋭い指摘がなされている。

一方、『デクリネゾン』に登場するのは積極的に育児に参加する父親たちである。八歳の娘と暮らす作家でシングルファザーの吉岡。「仕事も収入も多い」妻に「代わって家事育児を担う献身的な」和香の夫。理子の実父吾郎と継父直人もきちんと娘を見守っており、現在も行き来する関係だ。母親志絵とは異なる絆で結ばれている。ここには金原の作品では珍しく凄惨な親子関係は描かれていない。志絵は、

家族という概念が薄く広まっていく環境は、村全体で子供を育てていくような解放感と、ステップファミリーに象徴される、型にはまらない家族の在り方の両方を感じられるのではないだろうか。（略）血が繋がっているからといって、自分が彼女の一番の理解者になれるなんて思うのは驕りだし、おぞましい発想だ。

と語っている。『マザーズ』の対極にある親子関係が『デクリネゾン』であろう。

ところで、金原作品には過剰なほど相手に執着する共存意識の強い女性が多く描かれるが、中学生であるにも関わらず理子は淡白で、ある意味程の良い人間関係を求める。コロナ禍の影響を受けて母親が二一歳の大学生で恋人の蒼葉との同居を決めると、彼女は実父との暮らしを選択する。年齢の近い蒼葉との距離、感染症に罹った場合の保護者の問題などを考え、母にとっても自分にとっても最適だと思える選択を自分の意思で決定したのだ。志絵は自分が娘の存在に支えられていること認識しながらも娘の意思を尊重し別居を容認する。コロナ禍での生活を母親の視点で捉えたのが『デクリネゾン』だとすると、理子に連なる玲奈（中学生〜高校生）という娘を軸に描いたのが『腹を空かせた勇者ども』（河出書房新社、23・6）である。屈折、衝突しながらも明るく前向きに進む新しいキャラクターの登場である。

さらにこの小説には娘の年齢に近い蒼葉と結婚したことにもよろうが「不意に激しく歳を感じ」、「どんな刺激も経験も出会いも私を変えなかったのに、老いだけが私を変えた」と自覚する「私」がいる。「老い」の要素が加味されたことで「私」の生は別のフェイズに入ったようである。そこには同じ傾斜／下降も意味するラテン語のクリナチオではなく、デクリネゾンに繋がるデクレナチオも意識されているだろう。小説の最後には「曲がった原子の果てにある光景は美しく」、「自分の全身が溶けて全てのものに少しずつ混ざり合っている気がして」いると同時に「そこはかとない恐怖を感じた瞬間」とも記されている。だが、「自分をコントロールできない」不可解な「私」は、ルクレーティウスの言葉を与えられたことで永遠の空間を飛翔する存在と想像されている。本書は知的快楽に満ちた極上のデクリネゾンとなっているのである。

（東洋英和女学院大学名誉教授）

「ウィーウァームス」——〈間―私〉小説としての地平——岩本知恵

「ウィーウァームス」は『文藝』二〇二二年秋号の〈私小説〉特集に掲載された作品である。私小説という語は、一般的には、作家が自らの私生活や経験等を虚構を交えずに描いた小説だと考えられている。しかし、この特集における〈私小説〉は一般的な意味での私小説とはやや異なったニュアンスを含んでいる。特集の責任編集も務めた金原は、冒頭を飾る「プロローグ」と題された〈私小説〉的掌編において、本人と思わしき語り手に「かつての私小説は無頼とか、スキャンダラスなイメージが強かったと思うんですけど、そういうイメージを一新したい」と、企画意図を説明させる。「自分が自分について語るとき、それは虚構でしかありえない」と明言する語り手（≒金原）は、従来の私小説の枠組みを超える〈私小説〉像を打ち出そうとしているように見える。

とはいえ昨今の私小説研究は既に旧来の評価を是正し、虚構性について違った見方を提供している。鈴木登美は、私小説という概念が先行して定義されることによって、私小説の特徴（特に虚構性を排した点）があらゆるテクストに投影され、私小説というジャンルに取り込まれていったことを明らかにしている。鈴木の分析によると、私小説の代表作として名高い田山花袋の『蒲団』、島崎藤村『春』、志賀直哉『暗夜行路』は三人称で語られており、「作家の実際の個人的な体験を、単一の視点、単一の声により忠実に記録し、再現したもの」という私小説の一般認識は問い直されることになる。（鈴木登美『語られた自己——日本近代の私小説言説』（大内和子・雲和子訳）

岩波書店、00・12)こうした研究を踏まえ、日比嘉高は〈自己表象テクスト〉という語を提示し、自分を書くという表象行為が持つ意味に着目する。ここでも虚構と事実という単純な二項対立図式は排されている。「〈書かれる自己〉と〈書く自己〉、およびそのコンテクストの関係を考察する」必要が述べられ、「〈自己〉とそれを〈表象〉するテクストとの間に介在する、さまざまな変形や抑圧の過程」等を視野に入れる必要が指摘されている。(日比嘉高『〈自己表象〉の文学史――自分を書く小説の登場――』翰林書房、02・5)

ならば、金原の打ち出そうとしている新たな〈私小説〉像は何ら新しくないものなのだろうか。もちろん、違う。「ウィーウァームス」は、自己を表象する際の虚構性以上に興味深い仕組みを有している。作品の内容を見てみよう。主人公=語り手は、最近夫の全てが許せなくなっている。直接的な原因は思い当たらず、主人公は「時代が変わったから」だろうと考える。「ちょっと前までは、時代的に許容される範囲が違った」と述べる主人公にとって、正しさとは時代や環境によって規定されるものであるらしい。そんな主人公は、夫と娘(芙美)公認の不倫をしており、火水木は夫と娘の住む家で、金土日月は恋人夏樹と暮らしている。夏樹との関係は「時代に合って」いると感じる主人公だが、ハラスメントの告発運動に対して無関心な彼の様子に「私は彼のことを誤解していたのかもしれない」と恐ろしくなる。それは、彼の「現代的な真っ当さ、柔軟さ、ある側面に対する頑なさは、ただ単に彼の育った環境、階級、学校や家庭、国や時代、そういったものが作り上げた資質で、そこには彼自身のイデオロギーなど一切介在していなかった」のかもしれないということに対する恐ろしさで、「私は時代の産物としてしか生きることができない」のだということへの恐怖である。

鴻巣友季子はこの作品を「自由意思とは何かを問う」ものであると論じるが、(鴻巣友季子「文芸時評」『朝日新聞』朝刊、02・8・31)まさにこの点こそが、本作が従来の私小説観に一石を投じる仕組みである。この作品は、

〈私〉小説を名乗りながら、語り手となり主語となる確固たる〈私〉の自立／自律性を信用できない地点に到達するのだ。むろん、ポスト構造主義を経た昨今、〈自己〉や〈主体〉という概念を自由なものとして捉えることは難しい。そう考えれば、自立／自律性を失った〈私〉を主語にしてなおも語り続けることを単に問題化するだけでは、今更であるような感じもする。さらに分析を続けよう。

先に見た通り、個人が「時代」等の様々な諸条件によって規定されていることに、主人公は恐れを抱く。しかし、主人公の語りを注意深く見ていくと、「時代」の変化に順応し自らも変化することを肯定的に捉える場面も散見される。ハラスメントへの考え方の変化に対する態度はその代表例である。そもそも主人公は、夫が許せなくなったのは「時代が変わったから」だと明瞭に述べている。つまり、時代の影響を受けないという点で夫を糾弾しているのである。このように確認していけば、主人公の語りは矛盾に満ちている。主人公は非常に恣意的に「時代の産物」としての〈私〉という認識を利用していくのである。

個人が様々な諸条件の影響を受けるという理解は、一方において、社会的弱者の置かれた状況を自己の選択や努力不足の結果と見なす〈自己責任論〉へのアンチテーゼとして機能する。しかし本作においてはその限りではない。主人公は夫を許容できなくなった原因を「時代」の変化に求めている。離婚しないのは夫が認めてくれないからであり「子供のため」でもあるという。娘の芙美に離婚の許可を求める主人公は、「ちょっと前までは何があっても離婚しないでと芙美は懇願していて、その事実が私を婚姻に繋ぎ止めてきたという側面は確かにあった」と、離婚をしない原因を自己の外部へと求めていくが、この判断は芙美を直接的であれ間接的であれ傷つけている。料理に対して致命的な問題がある夫は、芙美に食事を満足に提供できず、芙美には油への拒絶反応や火傷までもが発生している。にもかかわらず、この状況への解決策は模索されず、主人公は恋人夏樹と共に「時代に許容されたこの二人向けの選択肢」を選ぶことに落ち着く。誤解を恐れずに言えば、主人公は自身の選択の責任を負わず、「時代」などの外部に要因を求めることで、他者に対する自己の加害性を減免しようしている。この作品における〈私〉は、「時代」によって自己の自立／自律性が損なわれることに怯えながら、「時代」のせいにして他者への責任から逃れようとする、自己中心的でダブルスタンダードな主人公なのである。

こうした観点から再度作品を読み直せば、主人公の主観の間隙に、主人公を批判的に描写する別の視点、別の物語を読み取ることができる。一人称の語りを持つ〈私〉小説の形態を取りながら、この小説は様々な登場人物のポリフォニックな声を呼び込んでいくのである。

ところで主人公の自立／自律性を損なうものは〈自己決定〉に関することのみだろうか。主人公の〈自由な〉生活が一体何によって担保されているのか考えてみれば、彼女が実に様々な他者によって支えられているという現実も見えてくる。夫の介護が自身の〈自由さ〉を損なうと考え離婚を急ごうとする主人公は、現在の〈自由な〉生活が、娘である芙美の寛容さやホームグルメ、ネット、インフラなど様々なものによって担保されていることに無自覚だ。個人は決して自立／自律などしていない。しかしそれゆえに〈自由〉でもある。自律／自立した主体とその語りによって成立する私小説という定義は、ここでも脱臼する。

このように、非自立／自律的な〈私〉を起点に、物語は多重に広がっていく。個人は常に他からの影響下にありながら〈私〉という主語を纏って、社会を生き、認識し、生きている。本作が提示するのは、〈私〉の非自立／自律性に根差した上で、〈私〉という主語を伴って語られる物語の可能性なのである。

（立命館大学専門研究員）

金原ひとみ　年譜

宮田絵里

一九八三（昭和五八）年八月八日

東京都生まれ。父は児童文学研究家・翻訳家の金原瑞人。

一九九三（平成五）年　一〇歳

小学四年生の頃から不登校がはじまる。

一九九五（平成七）年　一二歳

小学六年生の時、父の仕事の関係でアメリカのサンフランシスコに一年間滞在する。滞在時に村上龍や山田詠美の作品を読み、小説を書き始める。

一九九七（平成九）年　一四歳

中学生の頃から、大学で父が開いていた小説の創作ゼミに参加するようになる。

一九九九（平成一一）年　一六歳

中学校三年生の頃、叔母が主催する同人雑誌「ゆず」（14号、岡山市）に「風鈴」名義で「ヴァンパイア・ラヴ」を発表。同作が「文學界」一月号の同人雑誌評（松本徹「書きつづけて……」）にて取り上げられる。お茶の水文化学院高等部に進学するが半年で中退。実家を離れて生活しながら小説の執筆を続ける。

二〇〇三（平成一五）年　二〇歳

「すばる」十一月号に「蛇にピアス」を発表。同作で第二七回すばる文学賞・第一三〇回芥川賞を受賞。同じく芥川賞を受賞した綿矢りさ（受賞作「蹴りたい背中」）と合わせ、世間の注目を浴びる。

二〇〇四（平成一六）年　二一歳

一月、『蛇にピアス』（集英社）を刊行。「すばる」三月号に「アッシュベイビー」を発表。四月、『アッシュベイビー』（集英社）を刊行。「文藝春秋」八月号に「陰惨博打放蕩記」を発表。

二〇〇五（平成一七）年　二二歳

「文學界」二月号「特集 映画の悦楽　私の偏愛するこのワンシーン」に「せき止めていた何かが流れ出す」を発表。「すばる」七月号に「AMEBIC」を発表。七月、『AMEBIC』（集英社）を刊行。「文藝」秋季号に「三作目」を発表。

二〇〇六（平成一八）年　二三歳

「新潮」一月号に「8131日生きた私」を発表。「ユリイカ」四月号「特集　菊地成孔」に「南米のエリザベス・テイラー」を、「文學界」四月号に「お腹」を発表。六月、『空を飛ぶ恋―ケータイがつなぐ28の物語』（新潮社）に「Mobile ameba」を掲載、集英社文庫『蛇にピアス』を刊行。七月、『オートフィクション』（集英社、書下ろし）を刊行。「群像」十月号に「デリラ」を発表。

二〇〇七（平成一九）年　二四歳

「新潮」一月号に「ハイドラ」を、「文學界」一月号に「ミンク」を発表。「すばる」二月号に「星へ落ちる」を、「マリ・クレール」二月号に「手首」（単行本収録時「サンドストーム」に改題）を発表。四月、『ハイドラ』（新潮社）を刊行。五月、集英社文庫『アッシュベイビー』を刊行。「野生時代」九月号に「Hawaii de Aloha」を発表。「新潮」十月号に「薄血」を発表。十月、集英社WEB文芸「レンザブロー」に「僕のスープ」を発表。「すばる」十一月号に「左の夢」を発表。十一月、短編アニメ映画「カフカ　田舎医者」（監督・山村浩二）で、お手伝い役・ローザの声を演じる。十二月、『星へ落ちる』（「星へ落ちる」「僕のスープ」「サンドストーム」「左の夢」「虫」所収。集英社）を刊行。この年に長女を出産。

二〇〇八（平成二〇）年　二五歳

「文學界」一月号に「デンマ」を発表。一月、集英社文庫『AMIBIC』刊行。「yom yom」三月号に「試着室」を発表。「野生時代」七月号に「沼津」を発表。九月、映画「蛇にピアス」（監督・蜷川幸雄、主演・吉高由里子）が公開される。「新潮」十月号に「葵」を、「yom yom」十月号に「青山」を発表。十月、『ナイン・ストーリーズ・オブ・ゲンジ』（新潮社）に「葵」が収録される。「野生時代」十一月号に「憂鬱のパリ」を、「美術手帖」十一月号「特集　蜷川実花による蜷川実花」に「mango」を発表。

二〇〇九(平成二一)年　二六歳

「文學界」一月号に「ピアス」を発表。一月、SNS「mixi」の公式コミュニティ「SWEET BLACK」オフィシャルサイトに「マンボ」を発表。四月～五月、「FOREVER21」ホームページに「献身」を発表。「yom yom」三月号に「ポラロイド」を発表。「野性時代」五月号に「ゼイリ」を発表。「野生時代」七月号に「女の過程」を、「文學界」七月号に「ジビカ」を発表。七月、集英社文庫『オートフィクション』刊行。「野生時代」九月号に「夏旅」を発表。九月、『憂鬱たち』(「デリラ」「ミンク」「デンマ」「マンボ」「ピアス」「ゼイリ」「ジビカ」所収。文藝春秋)を刊行。十二月、『TRIP TRAP』(「女の過程」「沼津」「憂鬱のパリ」「Hawaii de Aloha」「フリウリ」「夏旅」所収。角川書店)を刊行。

二〇一〇(平成二二)年　二七歳

「新潮」一月号より「マザーズ」連載開始(連載は翌年三月号まで)。二月、新潮文庫『ハイドラ』刊行。「新潮」三月号「小説家52人の2009年日記リレー」に「日記」を発表。四月、『スタートライン　始まりをめぐる19の物語』(幻冬舎文庫)に「柔らかな女の記憶」を掲載。「yom yom」十月号に「婚前」を発表。『TRIP TRAP』が第二十七回織田作之助賞を受賞。

二〇一一(平成二三)年　二八歳

三月十一日に発生した東日本大震災による原発事故をきっかけとして、東京から父の実家がある岡山県に移り、次女を出産。七月、『マザーズ』(新潮社)を刊行。九月、集英社文庫『星へ落ちる』刊行。

二〇一二(平成二四)年　二九歳

パリに移住。「すばる」一月号に「外人のいない夜」を発表。「新潮」三月号「創る人52人の2011年日記リレー」に「日記」を発表。六月、文春文庫『憂鬱たち』刊行。九月、『マザーズ』で第二十二回Bunkamuraドゥマゴ文学賞を受賞。十一月、『マリアージュ・マリアージュ』(「試着室」「青山」「ポラロイド」「仮装」「婚前」「献身」所収。新潮社)を刊行。

二〇一三(平成二五)年　三〇歳

十二月、新潮文庫『マザーズ』刊行。

二〇一五（平成二七）年　三二歳

「すばる」一月号に「持たざる者」を発表。四月、『持たざる者』（集英社）を刊行。「新潮」七月号に「軽薄」を発表。十月、新潮文庫『マリアージュ・マリアージュ』刊行。

二〇一六（平成二八）年　三三歳

二月、『軽薄』（新潮社）を刊行。「朝日新聞」に九月一日〜十二月三十日まで「クラウドガール」を連載。

二〇一七（平成二九）年　三四歳

一月、『クラウドガール』（朝日新聞出版）を刊行。「小説トリッパー」夏号に「fishy」を発表。七月、東急文化村ウェブサイト「Bunkamura」にエッセイを連載開始（連載は翌年七月まで、のちに「パリ篇」として『パリの砂漠、東京の蜃気楼』に収録）。

二〇一八（平成三〇）年　三三歳

「新潮」三月号「創る人52人の「激動2017」日記リレー」に「日記」を発表。五月、集英社文庫『持たざる者』刊行。夏、パリから日本に帰国。八月、新潮文庫『軽薄』刊行。「すばる」十月号より「アタラクシア」連載開始（連載は翌年一月号まで）。十一月、ホーム社文芸図書ウェブサイト「HB」にエッセイを連載開始（翌年十月まで。二〇二〇年に「東京篇」として『パリの砂漠、東京の蜃気楼』に収録）。「SPUR」十二月号より「ミーツ・ザ・ワールド」を連載開始（連載は二〇二一年九月号まで）。

二〇一九（令和元）年　三六歳

「新潮」一月号に「ストロング・ゼロ」を発表。五月、『アタラクシア』（集英社）を刊行。「小説トリッパー」夏号に「Red bully」を発表。「新潮」八月号に「デバッカー」を発表。「小説トリッパー」秋号に「Stupidly」を、冬号に「madly」を発表。

二〇二〇（令和二）年　三七歳

「新潮」一月号に「アンコンシャス」（単行本収録時に「コンスキエンティア」に改題）を発表。二月、朝日文庫『クラウドガール』刊行。「小説トリッパー」春号に「secretly」を発表。四月、『パリの砂漠、東京の砂漠』（ホーム社）を刊行。『アタラクシア』で第五回渡辺淳一文学賞を受賞。「新潮」六月号に「アンソーシャルディスタンス」を発表。「小説トリッパー」夏号に「#コロナナウ」を発表。九月、『fishy』（「fishy」「Red bully」「Stupidly」「madly」「secretly」所収。朝日新聞出版）を刊行。「一冊の本」九月号に「mcdonaldy」を発表。「ユリイカ」十一月号「西加奈子特集」に「異邦人の救済」を発表。

二〇二一（令和三）年　三八歳

「新潮」一月号に「テクノブレイク」を発表。「文藝」二月号に「腹を空かせた勇者ども」を発表。「新潮」三月号「創る人52人の『2020年コロナ禍』日記リレー」に「日記」を発表。五月、『アンソーシャルディスタンス』（「ストロング・ゼロ」「デバッガー」「コンスキエンティア」「アンソーシャルディスタンス」「テクノブレイク」所収。新潮社）を刊行。六月、『緊急事態下の物語＝5 STORIES UNDER EMERGENCY』（河出書房新社）に「腹を空かせた勇者ども」を収録。「文藝」八月号に「狩りをやめない賢者ども」を発表。「文學界」八月号に「私の身体を生きる　第六回　胸を突き刺すピンクのクローン」（リレーエッセイ）を発表。八月、『アンソーシャルディスタンス』で第五十七回谷崎潤一郎賞を受賞。「新潮」九月号に「BAKUTAN!!」を発表。十月、文学ムック「ことばと　vol.4」（書肆侃侃房）に「アイ ドント スメル」を発表。「中央公論」十一月号に「煙草の吸えた三月の居酒屋」を発表。「群像」十二月号に「ハジケテマザレ」を発表。

二〇二二（令和四）年　三九歳

一月、『ミーツ・ザ・ワールド』（集英社）を刊行。「文藝」二月号に「愛を知らない聖者ども」を発表。「群像」四月号に「ヨギー・イン・ザ・ボックス」を発表。五月、集英社文庫『アタラクシア』刊行。七月、「文藝」秋季号にて「私小説特集」責任編集を務める。同号に「プロローグ」「ウィーウァームス」を発表。「群像」八月号に「モンキードーン」を発表。八月、『デクリネゾン』（ホーム社）を刊行。「文学界」九月号より「YABUNONAKA」を連載開始。十月、『モノガタリは終わらない』（集英社）に「バタクランを越えて」（初出はメルカリ公式Twitter「@mercari_jp」での配信）を収録。『ミーツ・ザ・ワールド』が第三十五回柴田錬三郎賞を受賞。「群像」十二月号に「フェスティヴィタDEATHシ」を発表。

二〇二三（令和五）年　四〇歳

一月、朝日文庫『fishy』刊行。「文藝」一月号に「世界に散りゆく無法者ども」を発表。二月、編著者として『私小説』（河出書房新社）を刊行（二〇二二年に責任編集を務めた「文藝」秋季号の内容を単行本化したもの）。四月、集英社文庫『パリの砂漠、東京の蜃気楼』刊行。「群像」四月号に「ウルトラノーマル」を発表。六月、『腹を空かせた勇者ども』（河出書房新社）を刊行。十月、『ハジケテマザレ　Burst open and mix』（講談社）を刊行。「ユリイカ」十一月号に「バウンディングソウル」を発表。

二〇二四（令和六）年　四一歳

一月、新潮文庫『アンソーシャルディスタンス』刊行。「新潮」六月号に「PUPA」を発表。「群像」七月号に「ディスコネクテッド」を発表。

（立命館大学研修生）

※情報は二〇二四年八月までのもの。
参考・「特集　金原ひとみ　Hitomi Kanehara Biography」（「Web & publishing編集会議」07・12）

金原ひとみ　主要参考文献

宮田絵里

論文・評論

丸山茂「論壇時評　若者―生と死あるいは「蛇にピアス」」（「神奈川大学評論」47号　04・3）

神山修一「自分を商品にするということ―「美少女作家」の二十年」（「ユリイカ」8号　04・8）

斎藤環「あとがきに代えて　私小説人格からヤンキー文学へ―村上龍／金原ひとみ／田口賢司」（『文学の徴候』、文芸春秋　04・11）

中沢けい「虚無と距離―八〇年代生まれの作家たち」（「新潮」12号　04・12）

武田浩「状況2005秋―文学 再生産される悪循環のループを撃つ―中村文則『土の中の子供』金原ひとみ『AMEBIC』島田雅彦『退廃姉妹』をめぐって」（「社会評論」143号　05・10）

久米依子「痛みへの希求」（岩淵宏子・長谷川啓編『ジェンダーで読む　愛・性・家族』、東京堂出版　06・10）

大西永昭「非・所有の恋愛論　所有から同一化へ向けて―金原ひとみ『蛇にピアス』」（「近代文学試論」44号　06・12）

マシュー・ストレッカー「現代日本文学における暴力・青年と文学」（「東洋大学人間科学総合研究所紀要」7号　07・3）

田中弥生「裏切る女―金原ひとみ」（「新潮」7号　07・7）

竹内清己「金原ひとみ『蛇にピアス』―『刺青』と「美しさと哀しみと」の行方」（「国文学　解釈と鑑賞」4号　08・4）

斎藤環「アブソープションと関係平面」（『関係の化学としての文学』新潮社、09・4）

武田将明「タナトスからの脱出―現代小説の死と倫理」（「群像」4号　09・4）

斎藤環「傷つく人形　金原ひとみ」（『「文学」の精神分析』、河出書房新社　09・5）

西山智則「奴隷とご主人様の詩学　サド・マゾ的文学想像力のゆくえ」（「埼玉学園大学紀要　人間学部篇」10号　10・12）

Rachel DiNitto「Between literature and subculture: Kanehara Hitomi, media commodification and the desire for agency in post-bubble Japan」（「Japan Forum」Vol23　11）

田中弥生「スリリングな女たち　金原ひとみの「私」曼荼羅」（「群像」2号　12・2。→後に『スリリングな女たち』講談社、12・9に収録）

佐藤響子「言語資源としての呼称の持つ意味―恋愛小説を例として」（「横浜市立大学論叢」3号　12・3）

陳晨「越境する『蛇にピアス』、ファルス不在の「快楽」―日中作家作品比較を通して」（「名古屋大学国語国文学」107巻　14・11）

陳晨「身体を望ましき混沌として「書く」　金原ひとみ『マザーズ』における不機嫌な女たちをみる」、（「超域的日本文化研究」6号　15・3）

鵜飼哲夫「平成16年　芥川賞W受賞　綿矢りさ、金原ひとみの快挙」（「文藝春秋」1号　16・1）

根岸泰子「女性作家のフクシマ　津島佑子「ヤマネコ・ドーム」と金原ひとみ「持たざる者」」（「社会文学」43号　16・2）

泉谷瞬「親族関係という蜘蛛の巣―金原ひとみ作品における結婚問題を中心に―」（「日本研究」69号　16・9。→後に泉谷瞬『結婚の結節点―現代女性文学と中途的ジェンダー分析』和泉書院、21・6に収録）。

大木龍之介「異性同士の絆―金原ひとみ『星へ落ちる』のバイセクシュアルな三角形とヘテロソーシャルな絆―」（「Gender and Sexuality」12号　17・3）

松本和也「「私」・無意識・小説（家）――吉本ばなな／金原ひとみ」（「神奈川大学評論」93号　19・7）

貴戸理恵「生きづらい女性と非モテ男性をつなぐ　小説『軽薄』（金原ひとみ）から」（「現代思想」2号　19・2）

江南亜美子「『fishy』における、「おしゃべり」の社会性」（「小説トリッパー」20秋号9）

日比嘉高「パンデミック小説の地図を書く」（「すばる」9号　20・9。→後に日比嘉高編『疫病と日本文学』三弥井書店　21・7に収録）。

土倉ヒロ子「『蛇にピアス』金原ひとみ著　対幻想のラビリンス」（「群系」45号　20・12）

飯田祐子「生き延びていくために―金原ひとみ「アンソーシャルディスタンス」と「腹を空かせた勇者ども」」（日比嘉高編『疫病と日本文学』、三弥井書店　21・7）

堀川なつみ「金原ひとみ『蛇にピアス』論―再構築される身体とジェンダー―」（「文藝論叢」97号　21・10）

仁平千香子「移動の文学（第7回）生命の誕生という「保証のない旅」　金原ひとみの『マザーズ』を読む」（「クライテリオン」22号　22・1）

林秀炫「日本のコロナ禍社会で見られた価値観の両極

化　金原ひとみ「アンソーシャルディスタンス」を中心に」（『日本語文學』102号　23・8）
中森弘樹「なぜ由嘉里は失踪したライを捜さなかったのか」（『ユリイカ』　23・11）
小松原織香「死を与える者を待ち望む　金原ひとみ『軽薄』のカナの欲望」（『ユリイカ』　23・11）
泉谷瞬「マトリックスのパラドックス　『マザーズ』以後の金原作品における恋愛／結婚」（『ユリイカ』23・11）
貴戸理恵「女が「自分」でありつづけるということ　二人の男、三人の女、一人の子ども」（『ユリイカ』23・11）
エリイ「金原ひとみが居る世界、居ない世界」（『ユリイカ』　23・11）
宇佐見りん「地べたと天のあいだに」（『ユリイカ』23・11）
ひらりさ「隘路から星座を見上げる」（『ユリイカ』23・11）
水上文「他者としての〈娘〉『腹を空かせた勇者ども』論」（『ユリイカ』　23・11）
矢口貢大「愚痴をこぼす女たち　『fishy』をめぐって」（『ユリイカ』　23・11）
江南亜美子「ウーマン・ウィズ・アディクション」（『ユリイカ』　23・11）
中谷いずみ「統合されない「私」たち　『蛇にピアス』から『腹を空かせた勇者ども』へ」（『ユリイカ』23・11）
木村朗子「災厄のただなかに問われること」（『ユリイカ』　23・11）
佐々木チワワ「他者を解釈するということ　『ミーツ・ザ・ワールド』より」（『ユリイカ』　23・11）
小西真理子「ただ安堵したいだけ　短篇集『アンソーシャル ディスタンス』を読む」（『ユリイカ』　23・11）
大木龍之介「あなたみたいになりたかった　金原ひとみ作品における同一化の欲望」（『ユリイカ』　23・11）
住本麻子「離別のエロティシズム　金原ひとみ『デクリネゾン』論」（『ユリイカ』　23・11）
郷原佳以「私小説の星座と『パリの砂漠、東京の蜃気楼』」（『ユリイカ』　23・11）
大西永昭「反復の中のアタラクシア　金原ひとみ『アタラクシア』試論」（『ユリイカ』　23・11）
田村美由紀「自傷する彼女たち　〈痛い女〉というラベリングをめぐって」（『ユリイカ』　23・11）
西加奈子「贅沢な憂鬱」（『ユリイカ』　23・11）
林秀炫「金原ひとみ『腹を空かせた勇者ども』に描写される共同体　コロナ禍社会を生き抜くZ世代を中心に」（『日本語文學』104号　24・2）

対談・インタビューなど

細貝さやか「第27回すばる文学賞受賞者インタビュー 金原ひとみ」(「すばる」03・11)

阿川佐和子「〈対談〉阿川佐和子のこの人に会いたい (520)金原ひとみ」(「週刊文春」5号 04・2)

花村萬月「〈対談〉花村萬月vs金原ひとみ SとMの間で」(「青春と読書」04・2)

「〈インタビュー〉受賞のことば／受賞者インタビュー 不登校とパチスロの日々に父は」(「文藝春秋」04・3)

細貝さやか「〈インタビュー〉生きづらさを形に」(「すばる」04・3)

「〈インタビュー〉POSTブック・ワンダーランド 著者に訊け！金原ひとみ氏『蛇にピアス』」(「週刊ポスト」04・3)

村上龍「〈対談〉作家という最後の職業」(「文學界」04・3)

江國香織「〈対談〉話はどこか怖くなる 江國香織 金原ひとみ」(「すばる」04・4)

恋月姫「〈対談〉〈瞬間の永遠〉を人形と共に生きる」(「ユリイカ」05・5)

三浦雅士「〈対談〉金原ひとみ×三浦雅士 皮膚で考え、脳で感じる」(「青春と読書」05・7)

斎藤環「〈対談〉女性性の根源へ」(「新潮」05・10)

尾崎真理子「〈インタビュー〉この著者に会いたい『AMEBIC』金原ひとみ」(「Voice」05・10)

「〈インタビュー〉特集金原ひとみ 作家金原ひとみが〝できる〟まで」(「Web & publishing編集会議」07・12)

山村浩二「〈対談〉作家とアニメーション監督の異色対談 カフカはブラックユーモアの達人だった！」(「婦人公論」07・12)

榎本正樹「〈インタビュー〉「現在」女性文学へのまなざし(10)金原ひとみ」(「すばる」08・6)

中原昌也「〈対談〉映画の中の頭脳破壊(第19回)何者でもないことを描く―『イースタン・プロミス』」(「文學界」08・7)

天埜裕文「〈対談〉小説を〝書き続ける〟ために」(「すばる」09・2)

「〈インタビュー〉憂鬱の肯定から始まる物語 『憂鬱たち』金原ひとみ著」(「本の話」09・10)

「〈インタビュー〉BOOK REVIEW 話題の新刊の著者に聞いた 書いた本 読んだ本 金原ひとみさん・辻村深月さん」(「日経WOMAN」09・11)

阿部和重「〈対談〉和子の部屋―小説家のための人生相談(第4回)阿部和重×金原ひとみ(相談者) 毎日プ

レッシャーで吐きそうです」(「小説トリッパー」09冬号12)
瀧井朝世「〈インタビュー〉金原ひとみ　非日常で出会う〝女〟という自分」(「本の旅人」10・1)
「〈インタビュー〉金原ひとみ　母であることの幸福と、凄まじい孤独。」(「波」11・8)
いしいしんじ「〈対談〉小説を産む」(「新潮」11・10)
仲俣暁生「〈インタビュー〉この著者に会いたい！『マザーズ』金原ひとみ(作家)」(「Voice」11・11)
窪美澄「〈対談〉可視化された〝母〟の孤独　金原ひとみ×窪美澄」(「小説トリッパー」11冬号12)
綿矢りさ「〈対談〉小説の怖さと神々しさと　今だからこそ、話せること」(「文學界」12・1)
「〈インタビュー〉同じ日本人でも共有しているものは少ない　金原ひとみ　作家(28)」(「週刊朝日」12・3)
「〈インタビュー〉恋愛の甘さと苦さ、たっぷりと　金原ひとみ短編集「マリアージュ・マリアージュ」」(「朝日新」12・12・18)
「〈インタビュー〉読書日和　金原ひとみさん　結婚にまつわる六つの短編小説」(「毎日新聞」12・12・25)
髙樹のぶ子「〈対談〉せめぎあう母性・女・小説」(「新潮」13・2)
江南亜美子「〈インタビュー〉金原ひとみ「持たざる者」を描く」(「すばる」15・6)
「〈インタビュー〉金原ひとみ『軽薄』刊行記念特集飽和状態を迎えた世界で」(「波」16・3)
瀬戸内寂聴「〈対談〉書くこと、生きること」(「すばる」16・9)
尾崎世界観「〈対談〉身のある話と、歯に詰まるワタシ(第5回)ゲスト　金原ひとみ」(「小説トリッパー」19夏号6)
綿矢りさ「〈対談〉熱狂の「最年少W受賞」をふりかえる　母親になった私たち」(「文藝春秋」19・3)
タカザワケンジ「〈インタビュー〉金原ひとみ『アタラクシア』「心の平穏」を求める難しさと切実さ」(「青春と読書」19・06)
植本一子「〈対談〉平穏を求め、破滅に安らぐ」(「すばる」19・7)
「〈インタビュー〉(著者に会いたい)『パリの砂漠、東京の蜃気楼』金原ひとみさん」(「朝日新聞」20・6・20)
瀧井朝世「〈インタビュー〉関係性を更新していく『fishy』をめぐって」(「小説トリッパー」20秋号9)
「〈インタビュー〉(耕論)「画面越し」に見えたのは」(「朝日新聞」21・1・5)

宇佐見りん「〈対談〉小説は全てを受け入れる」（「新潮」21・8）
植本一子「〈対談〉「新潮」編集部／編『パンデミック日記』刊行記念対談　緊急事態宣言下の対話」（「波」21・10）
伊藤比呂美「〈対談〉伊藤比呂美×金原ひとみ　母は娘を救えない」（「文藝」22春季号1）
「〈インタビュー〉〈自分を肯定して生きること〉『ミーツ・ザ・ワールド』（集英社）刊行を機に」（「週刊読書人」22・1）
倉本さおり「〈インタビュー〉金原ひとみ『ミーツ・ザ・ワールド』真逆の二人がぶつかった先に生まれる、新たな愛の形」（「青春と読書」22・02）
永井みみ「〈対談〉第45回すばる文学賞　永井みみ『ミシンと金魚』認知症老人の語りが導く稀有で幸せな小説体験」（「青春と読書」22・3）
「〈インタビュー〉コロナと創作（1）作家　金原ひとみ氏　人間関係　見直し迫られる　気づきや揺らぎが糧に」（「日本経済新聞」23・5・9）
「〈インタビュー〉コロナ禍だって全力、10代女子の青春　金原ひとみさん「腹を空かせた勇者ども」」（「朝日新聞」23・8・2）
島田雅彦「〈対談〉「私」を更新し続けるために書くということ」（「すばる」23・8）
「〈インタビュー〉新型コロナ禍の母娘の成長物語「陽キャ」の主人公で新境地　デビュー20年・金原ひとみさんが新刊」（「毎日新聞」23・8・23）
貴戸理恵「〈インタビュー〉小説という帰る場所」（「ユリイカ」23・11）
鳥飼茜「〈対談〉書く／描くことで見えるもの」（「ユリイカ」23・11）
「〈インタビュー〉本の名刺 ハジケテマザレ 金原ひとみ」（「群像」23・11）
渡辺ペコ「〈対談〉正しさが移ろう時代を描く」（「文學界」24・1）
江南亜美子「〈インタビュー〉デビュー20周年記念インタビュー 絶望から他者理解へ 金原ひとみの20年」（「すばる」24・1）
「〈インタビュー〉（語学の扉　フランス語編）同じ絵を描く日本の子たち　パリに住んだ金原ひとみさんが抱く違和感」（「朝日新聞デジタル」24・1・22）
大田ステファニー歓人「〈対談〉第47回すばる文学賞　大田ステファニー歓人『みどりいせき』ひとみ姉さんの本みたいに人の支えになるものを俺も書きたい

っす」(「青春と読書」24・3)
木村朗子「〈インタビュー〉金原ひとみロングインタビュー災厄の時代に小説を書くということ」(「新潮」24・8)

合評・書評・解説・その他

川上弘美/笙野頼子/辻仁成/藤沢周/又吉栄喜「すばる文学賞選評」(「すばる」03・11)
阿刀田高、「綿矢りさ　金原ひとみ　大人のための芥川賞の読み方」(「週刊文春」04・2)
内藤千珠子「〈書評〉拡がる穴の向こうへ『蛇にピアス』」(「すばる」04・2)
宮本輝/古井由吉/石原慎太郎/黒井千次/村上龍/池澤夏樹/山田詠美/河野多恵子/三浦哲郎/髙樹のぶ子「芥川賞選評」(「文藝春秋」04・3)
斉藤孝/国谷裕子/義家弘介/早坂茂三/関川夏央/櫻井孝頴/中条省平/寺脇研/草野満代/舛添要一/中島義道/柳田邦男/金子勝「二百五十万人が読んだ芥川賞二作品の衝撃　金原ひとみ「蛇にピアス」綿矢りさ「蹴りたい背中」」(「文藝春秋」04・4)
沼野充義「芥川賞受賞作 私はこう読んだ」(『論座』04・4)
黒井千次/津島佑子/星野智幸「〈創作合評〉「アッシュベイビー」」(「群像」04・4)
武藤功「〈書評〉本・文学と思想　身体の自由と不自由―金原ひとみ著『蛇にピアス』」(「葦牙」04・5)
黒井千次/稲葉真弓/佐川光晴「〈創作合評〉「AMEBIC」」(「群像」05・8)
村上龍「解説」(『蛇にピアス』集英社文庫　06・6)
伊藤氏貴「〈書評〉「オートフィクション」金原ひとみ―「オート」と「フィクション」の間」(「文學界」06・9)
川村二郎/豊崎由美/絲山秋子「〈創作合評〉「ミンク」」(「群像」07・2)
永江朗「〈書評〉彼女が痩せている理由『ハイドラ』」(「波」07・5)
斎藤環「解説　人形を燃やせ、灰になるまで」(『アッシュベイビー』集英社文庫　07・5)
古川日出男「〈書評〉「ハイドラ」」(「プレイボーイ」日本版、07・8)
加藤典洋/関川夏央/船曳建夫「〈鼎談〉おじさんは「綿矢・青山・金原」をどう読んだか」(「文學界」7号　07・7)
与那覇恵子「〈書評〉『星へ落ちる』」(「週刊現代」08・2)

池田雄一「〈書評〉『星へ落ちる』」(「小説トリッパー」08春号3)
豊崎由美「〈書評〉『星へ落ちる』」(「TV Bros」08・4)
山田詠美「解説」(『オートフィクション』集英社文庫 09・7)
町田康／東直子／都甲幸治「〈創作合評〉「ジビカ」」(「群像」09・8)
田中弥生「〈書評〉『憂鬱たち』」(「日本経済新聞」09・10・15)
東直子「〈文芸時評〉『TRIP TRAP』」(「毎日新聞」10・1・27)
瀬戸内寂聴「解説」(『ハイドラ』新潮文庫 10・2)
辻原登「〈書評〉『Trip trap』」(「毎日新聞」10・12・12)
東直子「〈文芸時評〉『マザーズ』」(「毎日新聞」11・8・30)
水牛健太郎「〈書評〉『マザーズ』」(「産經新聞」11・9・4)
いしいしんじ「解説」(『星へ落ちる』11・9)
野崎歓「〈書評〉『マザーズ』」(「新潮」11・10)
窪美澄「〈書評〉『マザーズ』」(「すばる」11・10)
朝吹真理子「〈書評〉『マザーズ』」(「読売新聞」11・10・2)
与那覇恵子「〈書評〉『マザーズ』」(「東京新聞」／「中日新聞」11・10・2)
与那覇恵子「〈書評〉『マザーズ』」(「週刊現代」11・10)
鴻巣友希子「〈書評〉『マザーズ』」(「毎日新聞」11・10・9)
江南亜美子「〈書評〉小説交差点　ひとの親になるということ─『マザーズ』」(「小説トリッパー」11秋号9)
中江有里「〈書評〉『マザーズ』」(「週刊ブックレビュー」11・12)
菊池成孔「解説　日本文学内で唯一のウェッサイ」(『憂鬱たち』文春文庫 12・6)
栗田有起「〈書評〉諸行無常の手前で『マリアージュ・マリアージュ』」(「波」12・12)
東直子「〈書評〉『マリアージュ・マリアージュ』」(「新潮」13・1)
稲葉真弓「解説」(『TRIP TRAP』角川文庫 13・1)
髙樹のぶ子「解説」(『マザーズ』新潮文庫 14・1)
倉本さおり「〈文芸時評〉「持たざる者」」(「週刊読書人」15・1・2)
山城むつみ／長嶋有／松田青子「〈創作合評〉「持たざる者」」(「群像」15・2)
伊藤氏貴「〈書評〉『持たざる者』」(「東京新聞」／「中日新聞」15・5・31)
東直子「〈書評〉『持たざる者』」(「日本経済新聞」15・6・7)
倉本さおり「〈書評〉『持たざる者』」(「週刊金曜日」15・6・26)

瀧井朝世「〈書評〉『持たざる者』」（「すばる」15・7）
斎藤環「〈書評〉『持たざる者』」（「新潮」15・7）
倉本さおり「〈文芸時評〉「軽薄」」（「週刊読書人」15・7・30）
中条省平／野崎歓／大澤聡「〈創作合評〉「軽薄」」（「群像」15・8）
江南亜美子「〈書評〉クロスレビュー　戦いの痛み、記憶の痛み　『持たざる者』」（「小説トリッパー」15夏号6）
窪美澄「解説」（『マリアージュ・マリアージュ』新潮文庫　15・11）
江南亜美子「〈書評〉『持たざる者』」（「週刊読書人」15・12・11）
髙樹のぶ子「〈書評〉『軽薄』」（「波」16・3）
三角みづ紀「〈書評〉『軽薄』」（「日本経済新聞」16・3・27）
榎本正樹「〈書評〉『軽薄』」（「すばる」16・5）
木村朗子「〈書評〉『軽薄』」（「新潮」16・5）
中江有里「〈書評〉『持たざる者』」（「東京新聞」／「中日新聞」16・7・31）
江國香織「〈書評〉『軽薄』」（「毎日新聞」16・12・11）
長島有里枝「〈書評〉『クラウドガール』」（「読売新聞」17・3・26）
江南亜美子「〈書評〉『クラウドガール』」（「すばる」17・4）
木村朗子「〈書評〉『クラウドガール』」（「群像」17・4）
倉本さおり「〈書評〉『クラウドガール』」（「新潮」17・4）
斎藤美奈子「〈書評〉『クラウドガール』」（「朝日新聞」17・4・02）
江南亜美子「解説」（『持たざる者』集英社文庫　18・5）
髙樹のぶ子「解説　暗い熱水の底」（『軽薄』新潮文庫　18・8）※「波」（16・3）より再録。
松浦理英子／鴻巣友季子／苅部直「〈創作合評〉「ストロングゼロ」」（「群像」19・2）
小野美由紀「〈書評〉『アタラクシア』」（「群像」19・8）
鈴木涼美「〈書評〉『アタラクシア』」（「文學界」19・8）
ミヤギフトシ「〈書評〉『アタラクシア』」（「すばる」19・8）
瀧井朝世「〈書評〉『アタラクシア』」（「ミステリーズ！」19・8）
彩瀬まる「〈書評〉『アタラクシア』」（「新潮」19・9）
倉本さおり「〈書評〉〈大丈夫〉の現在地『アタラクシア』」（「小説トリッパー」19秋号9）
辛島デイヴィッド「〈書評〉『アタラクシア』」（「読売新聞」19・10・13）
阿部公彦／小川公代／上田岳弘「〈創作合評〉「アンコンシャス」」（「群像」20・2）

辛島デイヴィッド「〈書評〉『クラウドガール』」（「朝日新聞」20・2・22）
綿矢りさ「解説　雲に預ける言葉」（『クラウドガール』朝日文庫　20・2）
広瀬奈々子「読書日録　『AMIBIC』」（「すばる」20・4）
倉本さおり「〈文芸時評〉「アンソーシャルディスタンス」」（「共同通信」20・6）
長島有里枝「〈書評〉『パリの砂漠、東京の蜃気楼』」（「新潮」20・9）
瀧井朝世「〈書評〉『fishy』」（「ミステリーズ！」20・10）
平松洋子「〈書評〉『fishy』」（「日本経済新聞」20・10・17）
伊藤氏貴「〈書評〉『fishy』」（「産経新聞」20・10・18）
横尾和博「〈書評〉『fishy』」（「東京新聞」／「中日新聞」20・10・24）
東直子「〈書評〉『fishy』」（「すばる」20・11）
倉本さおり「〈書評〉『fishy』」（「すばる」20・12）
阿部公彦「〈書評〉『fishy』」（「新潮」20・12）
尾崎世界観「〈書評〉『アンソーシャルディスタンス』」（「波」21・6）
板垣麻衣子「〈書評〉『アンソーシャルディスタンス』」（「朝日新聞」21・6・20）
鴻巣友季子「〈文芸時評〉『アンソーシャルディスタンス』」（「朝日新聞」21・6・30）
土佐有明「〈書評〉『アンソーシャルディスタンス』」（「週刊読書人」21・7）
西加奈子「こんなに元気が出ていいのだろうか　金原ひとみ『アンソーシャルディスタンス』を読む」（「新潮」21・8）
鈴木涼美「制御不可という不穏と平穏　金原ひとみ『アンソーシャルディスタンス』を読む」（「新潮」21・8）
斎藤美奈子「〈書評〉第五波の中で再び最新の「コロナ小説」を読む『アンソーシャル ディスタンス』」（「ちくま」21・8）
郷原佳以「〈書評〉『アンソーシャルディスタンス』」（「群像」21・9）
佐久間裕美子「〈書評〉『アンソーシャルディスタンス』」（「すばる」21・9）
櫻木みわ「読書日録　『パリの砂漠、東京の蜃気楼』」（「すばる」21・9）
佐藤信「〈書評〉『アンソーシャルディスタンス』」（「読売新聞」21・10・17）
清水良典「〈書評〉『アンソーシャルディスタンス』」（「日本経済新聞」21・12・25）
大塚真祐子「〈書評〉『アンソーシャルディスタンス』」

（「東京新聞」／「中日新聞」 21・12・25）

大矢博子「〈書評〉エンターテインメントおすすめ5篇「アンソーシャル ディスタンス」」（「文蔵」 21・11）

倉本さおり「〈文芸時評〉「ハジケテマザレ」」（「京都新聞」 21・11・26）

少年アヤ「〈書評〉『ミーツ・ザ・ワールド』」（「すばる」 22・2）

水上文「〈書評〉『ミーツ・ザ・ワールド』」（「新潮」22・5）

中江有里「解説」（『アタラクシア』 集英社文庫 22・5）

鴻巣友季子「〈文芸時評〉「ウィーウァームス」」（「朝日新聞」 22・8・31）

三宅香帆「〈書評〉『デクリネゾン』」（「すばる」 22・10）

与那覇恵子「〈書評〉『デクリネゾン』」（「共同通信」22・10）

江國香織「〈書評〉『デクリネゾン』」（「毎日新聞」 22・11・12）

菊地成孔「〈書評〉『デクリネゾン』」（「新潮」 22・12）

長島有里枝「〈書評〉腹を空かせた勇者ども コロナ禍を突き抜ける青春――金原ひとみ著」（「日本経済新聞」 23・7・29）

山内マリコ「〈書評〉『腹を空かせた勇者ども』」（「朝日新聞」 23・9・16）

高津祐典「〈書評〉〝かわいそう〟だった子どもたちへ 金原ひとみ『腹を空かせた勇者ども』他」（「小説トリッパー」 23秋号9）

郷原佳以「〈書評〉「腹を空かせた勇者ども」金原ひとみ著 青春楽しむ娘 母との壁」（「読売新聞」 23・10・15）

島口大樹「『ハジケテマザレ』書評「普通」から「普通」へと移ろう」（「群像」 23・11）

岡英里奈／松村美里「金原ひとみ全単行本解題」（「ユリイカ」 23・11）

（立命館大学研修生）

※情報は二〇二四年八月までのもの。

現代女性作家読本 ㉒

金原ひとみ

発　行――二〇二四年一二月二五日
編　者――泉谷　瞬
発行者――金子堅一郎
発行所――鼎　書　房　https://www.kanae-shobo.com
〒134-0083　東京都江戸川区
中葛西五-四一-一七-六〇六
TEL・FAX　〇三-五八七八-〇一二二
印刷所――TOP印刷
製本所――エイワ

現代女性作家読本㉒ 金原ひとみ 編集協力
――与那覇恵子・上戸理恵・遠藤郁子・山田昭子

表紙デザイン――西本紗和子

ISBN978-4-907282-99-8 C0095